莫言 | 主要作品

红高粱家族
天堂蒜薹之歌
十三步
酒国
食草家族
丰乳肥臀
红树林
檀香刑
四十一炮
生死疲劳
蛙

○●○

白狗秋千架 (小说集)
爱情故事 (小说集)
与大师约会 (小说集)
欢乐 (小说集)
怀抱鲜花的女人 (小说集)
战友重逢 (小说集)
师傅越来越幽默 (小说集)

○●○

姑奶奶披红绸 (剧作集)
我们的荆轲 (剧作集)

小 说 九 段

莫言短篇小说精品系列

小说九段

浙江文艺出版社
Zhejiang Literature & Art Publishing House

目录

倒　　立

　　临出门时老婆硬逼着我扎上了一条领带，换上了一套西装。骑车走在黄昏的路上，感到所有的人都用异样的眼光看着我，浑身如同撒了牛毛一样刺痒。进了市委宾馆的大院，躲在一棵雪松树的暗影里，赶紧把领带解下来塞到口袋里，又将西装脱下来揉搓了一阵，本想抓把土撒上做做旧，又怕回去惹老婆发疯，只好就这样穿上，身上还是别扭，但也没有办法了。

　　沿着灯光幽暗、树影婆娑、用大理石碎片砌成的小路，我朝宾馆深处最豪华的一号楼走去。省委组织部副部长孙大盛今晚在一号楼西餐厅的五号包间设宴招待我们——他的中学同学。得到我竟然也受到了邀请的消息时，我正在电影院广场旁边的修车摊上与修鞋的秦胖子杀棋。我的老婆——这个十年前就从丙纶厂下了岗的倒霉蛋——气喘吁吁地跑了过来。我把左路的炮沉到底，叫了一声：将！然后抬起头，看着跑得浑身肉颤的老婆，问：跑什么？是家里起火了还是你被强奸了？老婆踢了我一脚，骂道：你这个鸟人，怎么一句人话都不会说呢？老秦瞪着眼问：你这个鸡巴炮什么时候跑到这里来了？——什么时候？你说什么时候？我的炮一直就支在这里，就等着你跳马让路呢。——没看到没看到。——没看到？这就叫眼色不济吃苍蝇！下棋不看棋盘你看什么？——我看你老婆呢！——我老婆有什么好看的？——你老婆好看着呢，两扇大腚，一身肥膘，胳膊像腿腿像腰——我老婆一脚就把我们的棋盘踢翻了，骂道：你们这两块狗不吃猫不叼的癞货，我让你们下！我让你们下！我老婆用脚把那些棋子踢得满地滚动着，嘴里发着狠说：我让你们下！

　　我看到老婆真动了怒，便慌忙站起来，拍着她的屁股说：好老婆，跟你闹着玩呢，别生气——老婆猛地把我的沾满了油腻的手拨开，说：滚到一边去！我从口袋里摸出一张崭新的面额五十元的票子，塞到她的手里，说：今日运气好，大修了一辆山地车，我要价五十，那小子连价都没还，扔下这张票子就骑上车走了。老秦弯腰捡着棋子，说：你知道那是谁吗？——是谁？——他就是斧头帮的帮主。老秦压低了嗓门说。我说老秦你可别吓唬我，我打小就胆小。老秦说我要是吓唬你我是你老婆养的私孩子。我老婆说去你娘的，养私孩子也不养你这号的！我说他是斧头帮的帮主又怎么着？我一个臭修车子的，凭手艺卖力气吃饭，他能怎么着我？再说了，我在他那辆破车子上下了功夫，给他上了油，拿了龙，连每根辐条都给他擦得锃亮，要他五十元也不多。老秦说：不多不多，要五百元他也会给你。我看到老秦的脸上浮现出狡猾的微笑，就问：你这话是什么意思？老秦说没有什么意思。我说你这样说话怎么会没有意思呢？老秦鬼鬼祟祟地往四处打量了一下，压低了嗓门说：你好好看看那张钱。

我从老婆手里把那张钱抢过来，对着太阳一照，看到那个暗藏在纸里的工人老大哥面孔模糊，嘴上似乎长了一圈胡子。借了秦胖子一张真钱一对比，果然是假的。操他的妈！我高声叫骂着，广场上的闲人都转回头看我。老婆把那张假钱夺回去，翻来覆去，又摸又照，终于也确定是假币无疑。老婆嘟哝着：哼，还说人家眼色不济吃苍蝇，你自己才是眼色不济吃苍蝇，你岂止是吃苍蝇，你连屎都吃！我知道老婆正在闹更年期，不敢与她吵，就骂老秦：你个杂种，明知道他用假钱糊弄我，为什么不给我提个醒？老秦低声道：我倒是想给你提醒，可是我也得有那个胆，他是谁？刚才对你说了，是斧头帮的帮主，是卸人的行家，今天我给你提了醒，明天我的一只手或者是一条腿可能就没了。

操他的妈，我还骂，但是嗓门已经压低了。老秦说：你就认了倒霉吧。你不就是出了一点力，费了一点油、贴上了几个小零件吗？再说了，这也不一定就是吃亏，多少人想巴结这个帮主还巴结不上呢。

老子靠手艺吃饭，谁也不巴结，我低声嘟哝着，心中渐渐平和起来，问老婆：还没问你呢，这样子急火狼烟地跑来有什么事？

老秦插言道：能有什么事？发情了呗！

去你娘的个秦胖子，狗嘴里吐不出象牙来！老婆骂了秦胖子几句，兴冲冲地对我说：我刚想到菜市场去买鸡蛋呢，听说鸡蛋要涨价，一抬头就看到你那个在新华书店当经理的同学，叫什么来着……你看看我这记性——肖茂方，外号"小茅房"，是新华书店的副经理。——对啦对啦，是那个"小茅房"，开着一辆快散了架子的吉普车，看到我，也不下车，把半个身子从车门里探出来，喊了一声嫂子，把我吓了一跳。我说原来是大兄弟，走走走，快回家坐坐。他说魏大爪子呢？我说魏大爪子一大早就到电影院广场去守他的修车摊去了。——你这个臭娘们竟然也跟着那小子叫我的外号！——叫顺了嘴了嘛，老婆说，我对你那同学说，大兄弟，你如果着急我就去把他叫来。他抬起手腕子看看表，说，不用了，你去告诉大爪子，就说我们的老同学孙大盛从省里回来了，今天晚上七点在政府宾馆一号楼西餐厅五号包间请客，请的全是我们的同学，告诉大爪子早些收摊，别耽搁了。我请他回家喝茶，他说还有好几个人没有通知到，要赶着去通知，就开着他那辆破吉普车跑了。我想这事可是不能耽搁，就赶忙来告诉你。你知道你那个同学当到了哪一级？——哪一级？——"小茅房"说是刚提拔成省委组织部副部长，全省的干部有一半归他管。

原来是孙大盛这个猢狲！我压抑着心中的兴奋，大大咧咧地说，别说他是省委组织部的副部长，他就是中央组织部的副部长，老子该不尿他还是不尿他！他能管着全省的干部，但他能管着我吗？

看把你烧烧的，老婆说，别给你脸你不要脸，人家当到那么大的官，还没忘了你这个修破车子的，你反倒拿起糖来了。

我真的有些生气了，对老婆说：当官，谁当不了？

别说什么副部长，让我当省长我也能当。但你让他们来修修自行车试试，你让他们来修修皮鞋试试，对不对老秦？他们行吗？他们不行。老秦说：大爪子哟，你别嘴硬了，只怕见到你那个部长同学，连骨头都酥了。——呸，如果是别的大干部，我见了也许还打怵，但这个孙大盛，他当了地球球长我也不怵。这主儿，尿床尿到十六岁，翻墙头偷樱桃一不小心跳到我家猪圈里，还是我爹用二齿钩子把他捞了上来。他在别人面前拿架子可以，在我面前嘛，咱不好说他不敢，咱可以说他不好意思。——你就别在这里胡啰啰了，老秦道，古人说得好，"此一时也，彼一时也"，你甭管人家小时是个什么埋汰样子，人家现在是大干部，还没忘了你这个修破车子的，就是你的造化。——老子不稀罕。——嘴里是这样说，心里是怎么想的？老秦用嘲弄人的口吻说，快收摊回家，刮刮胡子洗洗脸，准备着赴宴去吧！大爪子，我要是有你这样一位尊贵同学，杀死我我也不会蹲在这里修车子！——修车子怎么了？我说，这座城里没有了市长老百姓照样过日子，但没有了我，也包括你，人民群众会感到很不方便！——听听，越说越不要脸啦，我老婆说，你这样的货色，是死猫撮不上树，我这辈子嫁给你算是瞎了眼了。老婆气哄哄地转身走了。我追着她的背影说：你这样的也只能嫁给我，你想嫁给美国总统，可惜人家不要你。——老魏，秦胖子郑重其事地说，别油嘴滑舌啦，这是个好机会，既然你那老同学点名请你，说明你在他的心中还是很有地位的，趁着这个机会拉上关系，将来肯定没你的亏吃，没准儿老哥还要跟你沾光呢，省委组织部的副部长，你想想他手里的权力有多大吧！……

　　一号楼里灯火通明，楼前的空场上停着十几辆轿车，车壳子油光闪闪，好像一群明盖的大鳖。一个身穿西服的小伙子在楼门前的出厦里悠闲地走动着，一看那派头就知道是从省里下来的。我躲在树影里观察着他，看人家的一举手一投足都是那样的自然大方，那套西装就像长在身上似的。小伙子抬起手腕看了一下表。我也看了一下表，光线太暗，看不清楚。估摸着离七点还有那么一点点时间，我不愿意提前进去，让七点来咱就七点来，免得讨人嫌恶。我看到二楼的一间挂着雪白窗帘的大房间里灯火辉煌，晃动的人影映在窗户上。从里边传出了一阵似乎是上气不接下气的笑声，我知道发出这笑声的就是原来的调皮少年如今的省委组织部副部长孙大盛。已经有二十多年没有见到他了，此刻活动在我脑子里的全是他年轻时猴精作怪的模样。那时候，谁也想不到他能成为这样一个大人物，真是"人不可貌相，海水不可斗量"。我心中感慨万端，从树影里闪出来，向着明亮的大厅走去。那个风度翩翩的青年的目光扫过来，我心中感到怯生生的，脚下仿佛粘上了胶油。幸亏肖茂方的吉普车哆哆嗦嗦地开了过来，我像见到了救星一样迎了上去。从车里钻出了粮食局局长董良庆，交通局副局长张发展，政法委副书记桑子澜，当然还有新华书店副经理"小茅房"。这四位都是官，都比我混得好，我心中有点不是滋味，但马上又安慰自己：他们在我面前是官，在孙大盛面前是孙子。我在谁的面前都不是孙子。当官的是人民的公仆，我是人民，他们这些家伙都是我的仆呢。

"喂，大爪子，你小子，一个人先跑来了，我还预备着开车去接你呢！""小茅房"对我说着话，转到车子这边，拉开车门，说，"夫人，下车吧！"

我吃了一惊，看到"小茅房"模仿着外国电影里仆人的动作，用一只手护住车门的上框，让一个面如银盘的女人钻了出来。

钻出来的女人是我们的同学谢兰英，想当年她是我们学校里出身最高贵、模样最漂亮、才华最出众的一朵鲜花，如今她是"小茅房"的老婆、新华书店少儿读物专柜的售货员。她穿着一条紫红色的长裙，脖子上套着一串粗大的珍珠项链，耳朵上也悬挂着一些嘀里嘟当的东西。她的腰身比起当年虽然肥大了许多，但因为个头高，所以看上去还是有点亭亭玉立的意思。身材矮小的"小茅房"弓着腰站在她的面前，就像大树旁边的一棵小树，就像大蚂蚱身边的一只小蚂蚱。

"董良庆你个龟孙子，张发展你个兔崽子，桑子澜你个鳖羔子！"我故意地起了高声，没称呼他们的官职直接喊着他们的名字，名字后边还带着一串拖落。桑子澜笑着说："狗改不了吃屎，这家伙，嘴还是这么脏。"

叫谢兰英时我压低了嗓门：

"谢兰英你好，好久没见面了。还认识我这个老同学吗？"

"不认识了，"谢兰英微微一笑，说，"但我认识你儿子，他经常去买小人书。"

"可不是怎么地，"我说，"这小子，把我修车子挣那点钱差不多都送到他谢阿姨那里去了，家里光小人书就有一千多册了！"

这时，那个站在门前徘徊的青年潇洒地走过来，问道：

"请问，你们是孙部长的客人吗？"

"是的，""小茅房"说，"都是孙部长的亲同学。"

"孙部长正在跟陈书记和沈县长谈话，请你们先到餐厅里等他。"

那青年说着，头前引着路，带我们进入了地面光滑得能照出人影的大厅，服务台上几个美丽的小姐满面微笑，洁白的牙齿闪闪发光。我们在那青年的引领下拐了一个弯，进入一条铺着厚厚地毯的廊道。廊道的外侧是透明的玻璃墙，玻璃外边的水池里喷着水花，五彩的灯光像五颜六色的花瓣一样掺到水花里。廊道的里侧，每隔几米就有一个跟真人差不多大小的石膏女人站在那里。她们的姿势各不相同，但有一点是相同的，那就是她们都没有穿衣裳。还有一点是相同的，那就是她们都比较有肉，奶子也比较大。我们的队伍是这样排列的：青年在头前引路，紧跟在他后边的是"小茅房"，"小茅房"后边是董良庆，董良庆后边是张发展，张发展后边是桑子澜，桑子澜后边是谢兰英，谢兰英后边是我，我后边什么人也没有，但我总感觉身后还跟着一个人，忍不住回头张望，回头一张望发现我的身后确实一个人也没有，如果非要说有人也可以，那就是那些被我们抛在身后、光着腚站在廊道边上站岗的石膏女人。当时我也想过，这些女人也可能是用大理石雕刻而成，但近前一看就发现她们是石膏的。如果是石头，她们的颜色肯定会有一些差别，但她们的颜色一点差别也没有，全是一个样子的雪白。

　　我跟随在谢兰英的身后大约有一米远的地方，跟得太近了不方便，跟得太远了显得我像个盯梢的特务。跟在她的身后一米多一点还是比较合适的距离。我小时候鼻子很灵敏，我娘常说我是"馋猫鼻子尖"，长大后又是抽烟又是喝酒导致了嗅觉严重退化，但我还是嗅到了一股淡淡的香气。我的鼻子嗅到了的淡淡的香气，在别的健康灵敏的鼻子里就肯定是浓得像油一样的香气了。起初我还以为是服务小姐撒在廊道地毯上的空气清新剂的气味，但我很快就判断出不是空气清新剂的气味，那气味多么浅薄啊，但现在在我面前缭绕着的是一种很有厚度的香气，这香气只能来自谢兰英的身体。我突然想到：如果谢兰英一丝不挂地站在这廊道边上会是个什么样子呢？她的皮肤肯定比这些石膏女人要黑，但是她的身体是有生命的，是活的，所以即便是黑的也是好的。然后在我的眼前就仿佛真的出现了一个赤身裸体的谢兰英了。我知道这种想法违法乱纪，于是赶紧地收拢住心猿意马，往前看，看到她在我的面前大摇大摆地走着。

她的双臂摆动幅度很大，双脚有点外八字，走起来好像故意地把双脚往外撩一样。当年在舞台上能够表演大劈叉、翻空心筋斗、倒立行走的侠女，几十年后竟然用这样的鸭子步伐行走。她这样在我面前行走使我感到失望，但也让我感到亲切。走完了廊道又拐了一个弯，然后拐进了另一条廊道，这条廊道没有方才那条布置得豪华，地毯浅薄，上边有很多污渍，边上也没有石膏女人站岗。一个穿红色锦绣旗袍、衣襟上别着一支圆珠笔的瓜子脸小姐笑容满面地迎上来。她亲切地问：

"是孙部长的客人吗？"

青年微微点头，小姐脸上的笑容更加灿烂了。她拉开了包间的门，耀眼的光明和刺鼻的霉变酒气从房间里奔涌而出。青年闪身站在门边，与那个美丽的小姐隔门相对，简直就是一对金童玉女。她和他没有说话，但是做出了请我们进去的姿势。在"小茅房"的带领下，我们一个跟着一个进入了房间。我看到刚进房间时谢兰英还抽了抽鼻子，说明她对这个出将入相的房间里的气味很厌恶，但一会儿工夫她的鼻子就恢复了正常，我的鼻子也嗅不到那股子邪气了。青年客气地对我们说：

"请各位先坐坐，我去向孙部长报告。"

谁也没坐，都转着脑袋观察房间里的摆设和装修。

我原以为像董良庆、张发展这些当局长副局长的，应该
对这里很熟悉，但看他们的眼色，也好像是初次进来。
房间大啊，真大，中央一张桌子大得能摆开我的修车
摊，也可以在上边唱二人转。靠窗那儿，还有一个铺了
红色地毯的小舞台，舞台旁边摆着唱卡拉 OK 的全套家
什，舞台上还立着两只落地式的麦克风。桌子周围还有
一圈椅子，椅子后边还有一圈沙发。沙发是白色的，一
看就知道是用上等的羊皮做的，涨鼓鼓地趴在那里，好
像一群大蛤蟆。这样的沙发不坐实在是太可惜了，既然
那个小伙子让我们先坐着，还客气什么？先坐下，犒劳
犒劳腚，等孙大盛来了我赶紧起来就是了。这样想着，
我就一腚蹾在了沙发上，什么感觉就不用说了，说也说
不明白。大圆桌上铺着洁白的台布，台布下边还有一层
深红色的绒布，我知道那叫天鹅绒，与悬挂在窗户上的
落地窗帘是一种料子。大圆桌的中央是一块圆形的茶色
有机玻璃，能够旋转的，这个我懂，要不这样大的桌子
如何夹菜呢？我坐下了他们好像没看见一样，这些伙
计，束手缩脚地站着，眼珠子转来转去，脸上的表情都
很别扭，泄露了他们心里的紧张。别看他们大小都是
官，其实也都是些土鳖，没见过什么大场面，还他妈的
不如我呢。

　　真正有点派头的还是谢兰英，你看看人家，手扶着一把椅子的后背，文文静静地观赏着墙上的一幅大画。这画上画着一群女人，都光着脊梁，脖子细长得没有道理。她们有的挽着头发，有的捂着奶子，有的伸着懒腰，看样子像在洗澡，但又不是太像。女人在河里洗澡哪里敢这样放肆呢。那盏悬挂在圆桌上方的豪华吊灯上装了四十九盏灯泡，还有许多假水晶玻璃的珠子串儿，在空调风的吹拂下，那些珠子串儿发出丁丁冬冬的声音，很轻微，很好听。那张大圆桌的中央已经放上了一个大盘子，盘子里蹲着一只用萝卜刻成的孔雀，当然是开了屏的雄孔雀。我知道这盘菜是看的而不是吃的，但为了看费这样大的功夫似乎不值得。这是我的不对了，人的眼其实是最馋的器官，嘴巴很容易满足，但要让眼睛满足就不容易了。孔雀盘子周围也已经摆好了十二个冷盘，里边有酱牛肉、炸蚕蛹什么的，这是可以吃的，但我知道这些东西应该浅尝辄止，如果让这些东西填满了肚子，后边的热菜就吃不了多少了。而热菜里肯定有山珍海味，看这架势，市宾馆里的大师傅把看家的本事全都使出来了。能让大师傅这样卖命，一定是县委书记和县长给宾馆里的头头发了话，而宾馆里的头头一定给大师傅下了死命令。

孙大盛人没到笑声先到了。听到他的好像上气不接下气的笑声，我们慌忙站了起来——不对不对，除了我之外，他们本来就是站着的。听到孙大盛的笑声他们松散的身体突然地紧张起来，所以感觉上就好像是从沙发上突然地站了起来一样。连看起来平静如水的谢兰英的腰身也微微地挺了挺，扶在椅背上的两只手也挪下来，交叉着放在肚子上。真正慌忙站起来的其实是我，我原本是不想站起来的，但我的身体自己站了起来。

那个英俊青年推开门，然后迅速地闪到一边，腰微弓着，脸上挂着训练有素的微笑。就像名角登台一样，孙大盛光彩夺目地出现在我们的眼前。只见他上身穿一件金黄色的半袖 T 恤衫，下身穿一条黑裤子，肚子有点凸，但是不大，头有点秃，用边上的毛遮掩着。他的头发一根是一根，看起来十分珍贵。那个二十多年前的孙大盛的猴精怪样执拗地从我的记忆里跳出来，与眼前的大干部孙大盛对比。我总觉得眼前这个家伙不是从那个偷樱桃掉到我家猪圈里的孙大盛成长起来的，就像一匹老驴是不可能从一头牛犊子成长起来一样。但他的独具特色的、任谁也学不像的笑声又说明眼前这个丰满的大干部的确就是孙大盛这个从小就偷鸡摸狗的坏蛋。

"咯咯……咕咕……咯咯……"孙大盛欢笑着对着

我们走了过来，那扇厚重的包了皮革的房门无声地掩上，那个英俊青年像股白烟一样消失了。

"咯咯……咕咕……董良庆……"孙大盛握着董良庆的手，笑着说，"官仓老鼠大如斗，见人开仓也不走……咯咯……"

"咯咯……咕咕……张发展……"孙大盛握着张发展的手，笑着说，"要想富，先修路。"

"咯咯……咕咕……桑子澜……"孙大盛握着桑子澜的手，笑着说，"三等人戴大檐帽，吃完原告吃被告。"

"咯咯……咕咕……'小茅房'……"孙大盛握着"小茅房"的手，笑着说，"书中自有黄金屋，书中自有颜如玉！"

孙大盛笑眯着眼，站在谢兰英面前，把她从上到下打量了几遍，然后将目光停在她的粉团般的大脸上，笑着说："徐娘半老嘛！"

谢兰英的脸刷地红了。

孙大盛伸出手，说："多年不见了，来，握握手嘛！"

谢兰英犹豫着把手伸出来让孙大盛握着，她的脸却别到了一边，那羞羞答答的劲头儿很像一个小姑娘。

"'小茅房'你把谢兰英管得太严了吧？"孙大盛握着谢兰英的手，歪着头问"小茅房"。

"冤枉啊，孙部长，""小茅房"夸张地说，"你看看我这样子，哪里能管得了她？"

"有什么冤屈尽管对我说，"孙大盛紧盯着谢兰英的脸道，"本官为你做主！"

孙大盛松开了谢兰英的手，笑眯眯地对着我走来。我本来想喊他一声"弼马温"——这是上小学时我亲自给他起的外号——但话到嘴边又咽了下去。他的肥胖的小手大老远就伸了过来，我的手迫不及待地自己就迎了过去。我的手感到他的那只小胖手像一只刚刚孵出的小鸡，又软乎又温暖。

"魏大爪子，你今晚上可是焕然一新啊！"孙大盛用手捻着我的衣袖，笑着说，"没先过过土？"

"这个狗日的宾馆，全部用水泥糊死了，找点土不容易！"我大大咧咧地说。

"小茅房"说："我们来时，他正脱光了身子，把西服放在地上用脚揉搓呢！"

众人哈哈大笑。

"好了，好了，别欺负老实人了！"孙大盛招呼着众人说，"坐下，坐下！"他拍拍身边的椅子，说，"谢兰英，你靠着我坐。"

谢兰英别别扭扭地说："我坐在这里就行了……"

"不行，"孙大盛说，"现在讲究跟西方接轨，女士优先。"

"孙部长让你坐，你就坐嘛！""小茅房"说。

"挪过去，挪过去！"董良庆把谢兰英拉起来，将她扯到孙大盛身边的椅子上按坐下去。

圆桌太大，六个人坐得很稀。

"靠近一些嘛！"孙大盛说。

大家没有动。

一个美丽的服务小姐转到孙大盛身后，轻轻地问："孙部长，喝什么酒？"

孙大盛扫了我们一眼，说："老同学聚会，当然喝白酒！"

"我不喝白酒。"谢兰英说。

"你又扫兴！""小茅房"瞅了谢兰英一眼。

"白酒有茅台、有五粮液、有酒鬼、有汾酒，请问用哪一种？"小姐问。

"酒鬼！"孙大盛说。

小姐启开酒瓶，往每个人面前的酒杯里倒酒。谢兰英护着酒杯说："我真的不能喝！"

"不能喝也得倒上看着！"孙大盛说。

"听孙部长的。"张发展从谢兰英手里夺出酒杯，说。

在一个小姐倒酒的工夫，几个小姐将那些大虾、螃蟹、海参、鲍鱼用大盘子端了上来。

孙大盛端起酒杯，说："各位老同学，多年不见，这杯酒我敬你们，都干了！"

我们都端起酒杯，站起来，探着身体与孙大盛碰杯。孙大盛用杯底敲着桌子说："过电过电，免站免站！"

他举起酒杯，一饮而尽，然后将杯子倾倒，让大家看。

这点小酒算得了什么，我一仰脖子就干了，张发展、"小茅房"他们也干了。唯有谢兰英没干。孙大盛低头看看她的酒杯，说："你连嘴唇都没沾湿吧？这样可是不行！"

"我真的不会喝……"谢兰英道。

孙大盛把她的杯子端起来，举到她的面前，说："连这点面子都不给是不是？"

"我真不会喝……"

"你会不会喝水？"孙大盛问。

"喝水当然会了。"谢兰英说。

"会喝水就会喝酒!"孙大盛说。

"这样吧,"桑子澜道,"让肖茂方替你一点。"

"不行,"孙大盛说,"酒桌上没有夫妻!"

"就是一杯耗子药你也喝下去!""小茅房"恼怒地说。

"你这是什么话?"孙大盛瞪着眼说。

"小茅房"一怔,马上皮着脸说:"走了嘴了,该罚酒三杯!"说完了,伸手就要抓酒瓶子。

"你别转移斗争大方向。"孙大盛说,"谢兰英,你喝不喝?你不喝我们也不喝了!"

"你真是的,"谢兰英说,"喝醉了出洋相你们可别笑话我。"

"谁敢?"孙大盛道,"有我在这里谁敢笑话你?再说,也不会让你喝醉的。"

"那好吧,"谢兰英道,"我豁出去了。"她端起酒杯,先喝了一小口,龇牙咧嘴地说:"真辣!"然后一仰头,就把杯中酒喝干了。她将杯子倒过来,扣在桌子上,说:"我的任务完成了!"

"什么你的任务完成了?革命尚未成功,同志仍须努力!"孙大盛用公筷将一只火红色的大虾夹到谢兰英面前的碟子里，说："吃点东西，继续战斗！大家也吃啊！"

……

三杯酒过后，谢兰英晃晃荡荡地站起来，说："我可是一点也不喝了！"

孙大盛拉着她的胳膊说："你到哪里去？"

"我不喝了，真的不喝了……"谢兰英说。

"不喝也得坐在这里！"孙大盛说。

"好好，我坐着。"

董良庆端着一杯酒，转到孙大盛身边，说："孙部长，我敬您一杯！"

孙大盛说："酒桌上只有同学，没有部长，也没有局长，谁破了这个规矩就罚谁三杯！"

"下不为例，下不为例！"董良庆说。

"先罚！"孙大盛说。

"孙部长……"

"又来了！"

"好吧，"董良庆说，"我认罚！"

董良庆连喝了三杯，然后又倒满一杯，说："老同学，我敬您一杯！"

大家轮流向孙大盛敬酒。轮到"小茅房"时，他自己先喝了三杯，说："我先罚了，孙部长，老同学敬您一杯！"

"这不行，"孙大盛说，"故意犯规，加罚三杯！"

"三杯就三杯！""小茅房"雄壮地说，"男子汉大丈夫，还在乎这三杯酒乎？"

"神经病！"谢兰英低声说。

"心疼啦？"孙大盛说。

"谁管他呀！"谢兰英红胀着脸说。

"小茅房"连干三杯，说："二三得六，三三见九，孙部长，现在可以敬您一杯了吧？"

孙大盛与"小茅房"碰了杯，说："数学学得不错嘛！"

"我当了十年书店会计，当了八年副经理，还兼着会计！""小茅房"似乎有点伤感地说。

"还好意思说，"谢兰英道，"你混出了个什么样子？"

"肖兄情场得意，官场自然失意了，"张发展说，"不过也算不上失意，兄弟不也副了许多年了吗？如果谢兰英是我的老婆，让我去挖大粪我也心甘情愿！"

"你们别拿我开心！"谢兰英红着脸说。

"呵嘀，谢兰英生气了！"董良庆说，"你生气的样子好看极了！"

"不许你们欺负谢兰英！"孙大盛说着，端起酒杯，说，"谢兰英，来，老同学敬你一杯。"

"我已经喝了三杯了，再喝就醉了。"

"知道自己喝了三杯就说明还没醉，再说了，喝醉了又怎么样呢？人生难得一次醉嘛！"

"对，人生难得一次醉，""小茅房"说，"孙部长让你喝，你只管喝就是！"

"我真的豁出去了！"谢兰英端起酒杯就干了。

"好，到底显出庐山真面貌来了，"孙大盛说，"怪不得人说酒场上有三个不可轻视，'红脸蛋的，吃药片的，梳小辫的。'"

"还梳小辫呢，"谢兰英拍着脑袋说，"老白头啦！"

"你还算是风韵犹存吧，"桑子澜说，"我们可是真的老了！"

"我也老了，"谢兰英说，"男过四十一朵花，女人四十豆腐渣。"

"你是嫩豆腐，我们是豆腐渣。"张发展说。

"都是豆腐渣！""小茅房"硬着舌头说。

"你小子吃嫩豆腐吃撑了！"董良庆说。

"你们都拿我开心！"谢兰英说。

"怎么会呢？"孙大盛端起酒杯碰了一下谢兰英的

酒杯，说，"干！"

"还干？"

"干！""小茅房"说，"人生就是那么回事，干！"

"谁都可以发牢骚，就是你'小茅房'不能发牢骚！"孙大盛说。

"为什么？""小茅房"说，"为什么我就不能发牢骚？"

"你小子把我们的校花拔了！"孙大盛说，"大家想想谢兰英在校宣传队里那会儿……唱就唱，跳就跳，还能倒立着行走……那时候，全县的人民都知道一中有一个女孩子能倒立着在舞台上转十八圈！"

在我脑海里，出现了二十多年前的谢兰英在舞台上倒立行走的情景。她扎着两根小辫子，辫梢用红头绳扎着，双手撑地，双脚朝天，露着小肚皮，在舞台上转了一圈又一圈，舞台下一片掌声……

"老了……"谢兰英眼睛闪着光说。

"你不老……"孙大盛眼睛闪着光说，"怎么样，给老同学们表演一个？"

"你要让我出洋相？"谢兰英说。

"来一个，来一个！"大家齐声附和着。

"不行了，老了，你们看看我胖成了什么样子？成了啤酒桶了……"

"来一个……"孙大盛直盯着谢兰英，执拗地说。

"不行了……再说，我也喝多了……"

"大家鼓掌吧！"孙大盛说。

"真的不行……"

大家鼓掌。

"给我们个面子嘛！"孙大盛说。

"你们这些人呐……"

"让你来你就来嘛！""小茅房"说。

"你怎么不来？！"谢兰英说。

"我能来早就来了，""小茅房"说，"孙部长难得跟我们一聚，二十多年了，才有这一次。"

"真不行了……"

"你真是狗头上不了金盘托！""小茅房"说。

"说得轻巧，你来试试！"

"我能试早就试了。"

谢兰英站起来，说："你们非要耍我的猴！"

"谁敢？"孙大盛说。

谢兰英走到那个小舞台上，抻抻胳膊，提提裙子，说："多少年没练了……"

"我揭发，""小茅房"说，"她每天在床上都练拿大顶！"

"放屁！"谢兰英骂着，拉开了架势，双臂高高地举起来，身体往前一扑，一条腿抢起来，接着落了地。"真不行了。"但是没有停止，她咬着下唇，鼓足了劲头，双臂往地下一扑，沉重的双腿终于举了起来。她腿上的裙子就像剥开的香蕉皮一样滑下去，遮住了她的上身，露出了她的两条丰满的大腿和鲜红的短裤。大家热烈地鼓起掌来。谢兰英马上就觉悟了，她慌忙站起，双手捂着脸，歪歪斜斜地跑出了房间。包了皮革的房门在她的身后自动地关上了。

大家安静了片刻，孙大盛端起酒杯，对"小茅房"说："老同学，我敬你一杯，希望你能好好爱护谢兰英……"

"孙部长，""小茅房"眼睛里闪着泪花说，"谢兰英跟了我，真是委屈了她。我这人能力差，进步慢，虽然一门心思想为党多做些工作，但总是有劲使不上……"

"还是毛主席那几句老话，"孙大盛说，"我们应该相信群众，我们应该相信党，这是两条根本的原理。如果怀疑这两条原理，那就什么事情也做不成了。"

（二〇〇〇年）

嗅　味　族

爹眯着眼睛看了我一会儿，然后用嘲讽的腔调说：

"好汉，过来！"

我讨厌这种不尊重儿童的腔调，但还是用手指摸弄着圆滚滚的肚皮，一步挪半寸，两步挪一寸，三步一寸五，四步挪两寸，就这样一寸一寸地挪到了饭桌前，等待着爹的打击。爹暂时没有出手，也许是因为他处的位置打击我不太方便吧——他坐在饭桌的正中，两边雁翅般展开我的那些兄弟姐妹们——也许他还没有决定该不该给我一顿沉重打击，但作为我来说，根据以往的经验和眼前的形势，知道一顿臭揍迟早难免，便硬起头皮，做好了准备。对我这样的坏孩子来说，挨打受骂是家常便饭，用我娘的话来说就是，我这样的人是属破车子的，就得经常敲打着，三天不打，上房揭瓦，两天不揍，闹起来没够。我爹呼噜了一口野菜汤，咕咚咽下去，问：

"说吧，好汉，到哪里去了？"

我本来可以撒一个谎，譬如说我钻到草垛里不小心睡着了，甚至可以说我让带着狗熊和三条腿公鸡的杂耍班子用蒙汗药拍了去，幸亏我机智勇敢才逃脱了他们的魔掌——那一段时间里社会上正悄悄地流传着一个杂耍班子用蒙汗药拐儿童的说法，就算是谣言吧，说杂耍班子的人只要用手把小孩子的后脑勺子拍一下，小孩子就会乖乖地跟着他们走。到了杂耍班子，他们就用锋利的小刀子在孩子身上划出无数的血口子，然后马上杀一条狗，把狗皮剥下来，趁热贴到孩子身上，从此那张狗皮就长到孩子的身上，一辈子也脱不下来了。为了防止小孩子泄密，在往他们身上植狗皮之前，先把舌头割掉，让你有口也难言。说有一个小孩子就是这样被杂耍班子拍了去使了酷刑后变成了一个狗人，有一天杂耍班子到孩子舅舅所在的村子去演出，杂耍班子的班主一边敲着破锣一边指着小孩子说：各位乡亲们，看看这个可怜的孩子吧，这个孩子的爹跟一头母狗交配，生出了这个小狗人，乡亲们，可怜可怜这个狗孩子吧……人们一圈一圈地围上去，看那可怜的狗孩子。那孩子从人群里一眼就看到了自己的舅舅，看到了舅舅从某种意义上说比看见了爹爹还要亲，于是那孩子的眼泪就哗哗地流出来了。小孩的舅舅心中好生纳闷，心里想这个披着狗皮的小孩子是怎么了？为什么这样不错眼珠地盯着我，又为什么哭得如此伤心？他马上就联想到几年前姐姐家丢了的男孩，仔细一看那双眼睛，知道就是自己的外甥。他是个胸有城府的人，当下也没声张，等到杂耍班子休息时，装做闲人凑上去，提着那孩子的乳名低声问：你是小什么吗？那狗孩子点点头。舅舅马上就跑到县政府把杂耍班子给告了，破案之后，杂耍班子里那些坏人全部给枪毙了，那个小孩给送到县医院里做了剥皮手术，好不容易恢复了人的面貌，但话是不会说了。——这个故事传得有鼻子有眼，都说村子里的兽医王大爷亲眼看到过那个狗孩子表演节目。我们追着王大爷让他讲讲那个狗孩子的故事，但王大爷总是心烦意乱地轰我们：滚开，你们这些狗东西！

没有撒谎，更不敢造谣，我实事求是地说：

"我跟于进宝到井里去了。"

"什么？"父亲惊讶地睁大了眼睛。

我的围着饭桌喝菜汤的兄弟姐妹们也用嘲笑的眼光看着我，我知道这些家伙把我当成傻瓜，他们做梦也想不到我到井里去干什么，当然也不能怨他们，因为这件事情的确离奇，如果我不是亲身经历，打死我我也不会相信天底下竟然会存在着这样的事。

"我跟着于进宝到他家后园里那眼井里去了。"我对他们尽量详尽地说着，"昨天下午，我去找于进宝玩耍，玩了一会儿，口渴得很，于进宝家没有水，于进宝就带我到他家后园里去找水喝，他家后园里有一口很深的井……"

母亲打断我的话，问我，又像是自言自语：

"杂种，杂种，你一夜没回来？你在哪里睡的？"

"我们根本就没有睡，我们跟那些长鼻人一起玩，唱歌跳舞捉迷藏，我们根本不困……"他们没有对我发出质问，但我从他们闪烁的眼神里，从他们停止喝菜汤的动作上，知道他们被我的故事吸引住了，或者说他们对我的一夜经历产生了浓厚的兴趣，我知道他们等待着我往下讲述。我当然非常愿意把自己的经历讲给他们听，尽管于进宝和那些长鼻人曾经要求我严格保守秘密，但我是个肚子里藏不住话的快嘴孩子，满肚子的新鲜奇遇如果不说出来，非把我憋死不可。我说："那些长鼻人鼻子有点长，但也不是非常长，比我们的鼻子略微长点，与我们不同的是他们只有一个鼻孔眼儿，长在鼻子尖上。他们不吃饭，他们嗅味，他们嗅嗅味就饱了，但他们很会做饭，他们做的饭好吃极了，有鸡，有鸭，还有兔子，香极了……"

我正要把一夜奇遇讲给他们听，刚刚开了一个头，但是我的爹把碗往桌子上一扔，将筷子往桌子上一拍，像一座山丘拔地而起。他越过障碍，顺手给了我一个耳光，把我打翻在地，然后他就气昂昂地走出了家门。他当然不会去找于进宝核实真伪，他也不会去于家的后园井里探勘，在他的心目中，我说的都是鬼话，连一星半点的真实也没有。

父亲走了，母亲把我从地上揪起来，当然是揪着我的耳朵揪起来，然后她就逼问我：

"小杂种，说实话，昨天夜里你到哪里去了？"

"我跟于进宝到长鼻人那里去了……"我歪着脑袋，咧着嘴，痛苦地说。

"还敢胡说，"母亲恼怒地说着，揪住我耳朵的手又加了一把劲儿，使我的耳朵变成了不知什么模样，"说实话，到底干什么去了？！"

我的眼泪夺眶而出，耳朵疼痛是热泪盈眶的原因之一，但不是主要的原因，主要的原因是我感到委屈，明明我说的是大实话，但他们却以为我在撒谎；明明我是冒着被长鼻人惩罚的危险把一个美好的秘密告诉他们，但他们却以为我在胡编乱造。我的那些可恶的兄弟姐妹们见我受到惩罚不但不表示同情，反而幸灾乐祸，他们得意地眯着眼睛，脸上都带着笑意，那四个年纪比我小的，可能怕我收拾他们，笑得还比较含蓄，那四个比我大的，丝毫也不掩饰他们的得意之心。他们甚至添油加醋地说一些让母亲更加愤怒的话，譬如我那个生着两颗虎牙的大姐就很严肃地说：

"最近有人把生产队的小牛用铁丝捆住嘴巴给弄死了，咱家可是有这种细铁丝——"

"你就作死吧，"母亲忧心忡忡地说，"牛是生产队的宝贝，害了生产队里的牛，那就是反革命！"

"咱们干脆对外宣布，"我的那个二哥说，"与他断绝关系，免得牵连到我们。"

到底还是母亲境界高些，她瞪了那位很可能是我的二哥的家伙一眼，说：

"有你们这样的兄弟吗？你们都是我养的，能断绝得了吗？"

母亲松开了揪住我耳朵的手，我感到耳朵火辣辣的，知道它的体积大了不少。我的耳朵比常人的耳朵要大，原来也大不了多少，因为人们的揪和拧，它们变得越来越大。

"说吧，"母亲疲乏地说，"你这一夜到底到什么地方去了？你如果不说，就别想吃饭！"

我瞄了一眼锅里那些黑乎乎的野菜汤，看了一眼桌子上那碗用来下饭的发了霉的咸萝卜条子，心中暗暗得意，初进家门时说实话我心中还有些惭愧，因为我一个人吃了那么多美味食物而我的父母吃这些猪狗食。但现在我一点愧意也没有了。我打了一个饱嗝，让胃里的气味汹涌地蹿上来；我陶醉在美好的气味里，心中充满了幸福的感觉。我看到我的那些兄弟姐妹们都把鼻子翘起来，脑袋转动着，在搜寻美好气味的源头。在饥饿的年代里，人们的嗅觉特别的灵敏，十里外有人家煮肉我们也能嗅到，当然也说明了那个时候空气特别纯净，一星半点儿的污染都没受。我的兄弟姐妹根本想不到让他们馋涎欲滴的气味竟然是从我的胃里返上来的。说不是故意地其实也是故意地我又打了一个响亮的饱嗝，然后大张开嘴巴，这时我看到，我的那些兄弟姐妹的目光全都集中到我的嘴巴上了，如果能够，我相信他们都会奋不顾身地钻到我的胃里去看个究竟。

母亲的嗅觉尽管不如我的兄弟姐妹们的嗅觉灵敏，但她毫无疑问地也闻到了从我的嘴巴里散出来的美食气味，我看到她的眼睛里洋溢着讶异和惊喜，我知道她不敢相信自己的鼻子，她很可能以为自己在做梦，对她的心情我完全理解，换了我也会这样，因为在那个时代里，从我这样一个穷孩子嘴巴里发出这样的气味比狗头上长角还要稀奇。但铁一样的事实就摆在我的母亲和我的兄弟姐妹们面前，他们不愿意相信也得相信，美好的气味无可争辩地从我的嘴巴里往外扩散，逗引得他们百感交集眼泪汪汪。我知道我的那些兄弟姐妹们心中对我充满了嫉妒和仇恨，他们恨不得把我的肚皮豁开，看看我到底吃了些什么东西；我知道母亲不嫉妒我也不仇恨我，但她也很想知道我到底去什么地方吃了些什么样的好东西，然后就可以让我当向导，带领着全家去会一次大餐。我的那个生着虎牙的姐姐已经急不可耐地冲了上来，用她的粗糙的手扒开我的嘴巴，凶巴巴地问：

"小坏蛋，你还真的吃到了好东西！快说，你到哪里去吃到了好东西？快说，你吃到了一些什么样的好东西？"

我的兄弟姐妹们跟随着虎牙姐姐围上来，七嘴八舌地问着我。这时我真是得意极了，想起方才父亲用他的铁巴掌扇我耳光时这些家伙幸灾乐祸的表情，想起这些家伙平日里对我的欺凌和压迫，我的心中无比快意，六月债，还得快，人不可貌相，海水不可用斗量，这些坏家伙大概从来没想到过我这个土豆堆里的最蹩脚的土豆，竟然会好运临头，他们根本想不到还会求到我的面前，刚才我还巴不得将我的奇遇告诉他们，但现在我已经不想把秘密告诉他们了。我为什么要告诉他们？我凭什么要告诉他们？我如果是个大傻瓜我才会告诉他们，我如果不是一个大傻瓜我就不会告诉他们。母亲也用恳求的目光望着我，显然也是想让我把秘密吐露出来，但是我耳朵上的疼痛提醒着我，让我想起了她几分钟前还揪着我的耳朵恨不得揪下来的悲惨往事，于是我的意志就变得像钢铁一样坚硬了。我决心把这个秘密保守到底，我必须遵守我与于进宝小哥哥的约定，我更必须履行我们与长鼻人之间的诺言，我为刚才差一点泄露了机密而后悔，幸亏他们没把我的话当真，但现在他们从我的嘴巴里嗅到了气味，他们很可能当真了。我惊愕地明白了：其实我已经泄露了秘密，我提到了于进宝家的水井，提到了长鼻人和他们的美味食品。我的这些饿疯了的兄弟姐妹们，很可能马上就会下到于进宝家的井里去看个究竟！这时，母亲把我的兄弟姐妹们分到两边，走到我的面前，我感到她的手正在温存地抚摩着我的脑袋，我不断地提醒着自己：不要上当受骗，刚才就是这只手差一点儿把你的耳朵揪下来！她现在抚摩你是为了让你吐露机密，而一旦你吐露了机密，她的手就会重新揪你的耳朵！我听到她对我说：

"好孩子，告诉娘，你昨天夜里到底到哪里去了？你到什么地方去吃了些什么样的好东西？"

我灵机一动，想起了虎牙姐姐说过的话头，我宁愿搬起一个屎盆子扣到自己头上也不能泄露机密，于是我就伪装出犯了严重错误的模样，吞吞吐吐地说：

"娘，我错了……昨天夜里，我跟着一群野孩子，把生产队里一头小牛用细铁丝捆着嘴巴整死了……然后……他们点上火，把小牛烧熟了……他们让我吃，我实在太馋了，就吃了……"

在我的脑袋上爱抚着的那只手，突然间变成了拳头，像擂鼓一样敲打着我的头，我听到母亲用恨极了也怕极了的压抑着的声音说：

"杂种，你就去作死吧，你就等着公安局来抓你吧！"

我的那些兄弟姐妹们有用脚踹我的，有用巴掌扇我的，有用指甲掐我的，有用唾沫啐我的……总而言之是转眼间我就成了他们的公敌。他们把我打得遍体鳞伤，然后就懒洋洋地散开了。

但昨天夜里的确发生了比做梦还美的好事，有我满口的余香为证，有我的愉快而辛苦地工作着的肠胃为证，有我嗅到了野菜汤的气味就恶心的生理反应为证，有那么多栩栩如生的记忆为证。母亲把一个筐子一把镰刀扔给我，让我跟着我的姐姐哥哥们去挖野菜。在通往田野的土路上，村子里的孩子们唱着流行的歌曲：一九六四年啊，真是不平凡；饿死了马光斗，爆炸了原子弹；赫鲁晓夫下了台，咱们心喜欢——尽管饥饿但孩子们依然欢天喜地，你追我赶，打打闹闹，孩子队里有于进宝小哥哥，走着走着我们俩就靠在了一起，他压低嗓门问我：

"你没泄密吧？"

"没有……"我心里虚虚地说。

"千万保密，否则咱们就吃不到好东西了。"

我大姐瞪了我一眼，说：

"快走。"

我跟随着她们往田野里走，但我的心已经回到了昨天。

当时，我和于进宝在玩他家那副残缺不全的扑克牌，突然感到口很渴，我就问：

"进宝哥哥你们家有水吗？"

于进宝说：

"你想喝水啦？我们家没水，你如果想喝就跟我到我家后园里去喝吧。"

我就跟着于进宝到他家的后园里去了。他家的后园里有一眼水井，一眼非常普通的水井，水很深，浇园用的。井口上安着一架辘轳，支架上生出了蘑菇，绳子上发出了绿霉，看起来已经很久没有使用了。我们站在井台上，探头往井里望去，起初我们什么也看不见，渐渐地我们的眼睛适应了，看到了井里明亮的水，和水面上我们的脸。一头乱毛，两只小眼睛，一个塌鼻子，两扇大耳朵——原来我是这样子的一副好模样，怪不得我的一个姐姐经常骂我"气死画匠"。于进宝哥哥也是一头乱毛，两只小眼睛，一个塌鼻子，两扇大耳朵。我们两个简直像用一个模子刻出来的。我的母亲经常无奈地对我的那些兄弟姐妹们说："你们看看，他怎么越来越像东屋里小宝？"我的一个姐姐说："太像了，一个娘养出来的也没有这样像的！"然后她就用黑黑的眼睛仇恨地盯着母亲，好像母亲欠了她一笔陈年老账。小宝就是我最亲爱的于进宝哥哥，他在村子里名誉很坏，至于他干过什么坏事，则没人能说出来。

我们看着井里那两张一模一样的脸。看了一会，就开始往自己的脸上吐唾沫。我的唾沫吐到我的脸上就像吐到他的脸上一样。他的唾沫吐到他的脸上就像吐到我的脸上一样。我们的唾沫吐到我们的脸上把我们的脸破碎了，我们的鼻子眼睛混乱不清，于是我们就开心地笑起来。

突然，我们嗅到一股奇异的香味。我们抬起头来环顾四周，四周是断壁残垣，发了疯的野草，野草中仓皇奔走的蜥蜴，蜥蜴身上闪烁的鳞片……家家户户的烟囱里没有冒烟的，没有人家在炒肉，这香气……这香气……这香气是从井里冒出来的！我们紧张地抽动着鼻子，眼前似乎出现了许多在梦里都没见到过的精美食物，有像砖头那样厚的肉，一方一方的，颜色焦黄，冒着热气。有把脑袋扎进肚子里的烧鸡，颜色焦黄，冒着热气。有整头的小羊，颜色焦黄，冒着热气……

我们拽住辘轳绳子往井里滑去，他在下边，我在上边。井筒子深得似乎没有底，我的耳朵里嗡嗡地响着，好像在大风里行走。我的眼前起初是亮的，往下滑了一阵后就慢慢地黑起来。我感到有人拽了一下我的腿，我的身体往边上一偏，然后脚就着了地。于进宝小哥哥拉着我的手，沿着一条黑洞洞的地道，小心翼翼地摸索着前进。我们心中感到害怕，但越来越浓的香气吸引着我们，使我们的脚步不停。不知从何时起，眼前渐渐地明亮起来，地道也宽敞起来。我们看到一道道的光线从一些圆圆的洞眼里射进来，洞眼多粗，光线就多粗。我心中紧张，歪头看了一眼他的脸，看到了他的脸就像看到了我的脸。我们紧紧地拉着手，就像一对孪生兄弟。浓厚的香气变成了热乎乎的风扑到我们的脸上，随着香风传来了一些哧呼哧呼的声音。我们屏住呼吸，贴着洞壁，高高地抬腿，轻轻地落脚，慢慢地向前靠拢。

　　终于，我们看到了，在前方的一个宽敞的大洞里，有一个平展展的土台子，台子上摆着三个巨大的黑陶盘子，一个盘子里放着一方方的肉，像砖头那样厚，颜色金黄，冒着热气，肉的上面撒着一层切碎的香菜末儿。一个盘子里放着十几只脑袋扎到肚子里的鸡，颜色金黄，冒着热气，鸡的上面撒了一层花椒叶子。一个盘子里放着一头小羊，颜色金黄，冒着热气，小羊身上插了几根翠绿的葱叶。大概有二十多个人，团团围着盘子，都跪着，屁股后边拉拽着一条粗粗的尾巴。他们穿着用树叶子缀成的衣裳，头上戴着瓜皮小帽。他们都生着两只小眼睛，两扇大耳朵，这些都跟我们像，与我们不像的是他们的鼻子。我们是塌鼻子，他们是长鼻子，而且还比我们少了一个鼻孔眼儿。他们跪在盘子周围，脖子探出来，鼻子离食物很近，鼻孔一开一合，那些哧呼哧呼的声音就是从他们的鼻子里发出来的。我们将身体紧紧地贴在洞壁上，好像两只壁虎。有好几次我觉得他们已经发现了我们，但是他们并没有对我们怎么样。一个看起来很小的长鼻人突然站起来，鼻子哧呼着，脑袋转动着，眼睛分明地与我们的目光相接了，但他还是没有对我们怎么样。我感觉到他们是故意地不理睬我们。

他们吸了一阵后，一个个离开了盘子，站起来，脸上带着心满意足的神情，往地洞的深处走去。那个小小的长鼻人还扭回头对着我们扮鬼脸，一个露着奶头的大长鼻人——一定是他的妈妈——伸手把他拉走了。地洞里静悄悄的，只有那三只大盘子里的食物散发着香气。我们终于抵抗不住美味的吸引，蹑手蹑脚地靠到盘子前，顾不上危险，抓起那些好东西，狼吞虎咽起来。我们似乎刚开始吃，其实已经吃了许多。因为当那些长鼻人突然把我们包围起来时，我们本想逃跑，但是已经拖不动自己的肚子了。我们坐在地上，活像两只巨大的蜘蛛。

长鼻人的语言很怪，呱呱咕咕的，我们一句也听不明白。但从他们脸上的表情判断，他们没有恶意。后来他们在土台子前跳起舞来，好像是用这种形式欢迎我们访问他们的地洞。他们跳的舞跟我们村子里正在流行的一种舞有点相似，也是那样简单那样机械，好像一群木偶。其中有两个母长鼻人，把我们拉起来，让我们跟他们一起跳舞。我们吃得太多，行动实在困难，但他们让我们跳我们不敢不跳。跳了一会，我们的肚子小了，感觉也舒服了。渐渐地我们忘了他们是跟我们不一样的人，而且也能听明白他们的语言了。跳完了舞，大家坐在一起说话，像开座谈会一样。于进宝小哥哥说，我们是两个饥饿的孩子，今天很幸运地来到了你们的地洞，受到了你们友好热情的招待，吃到了从来没有吃过的最香最美的食物，我们真是全世界最有福气的孩子，我们回到上边即使马上死掉也不冤枉了。一个下巴上生着十几根白胡子的老长鼻人代表长鼻人发言，他说，你们不要客气，其实，我们早就知道你们两个，你们原来就是我们这里的人，后来因为刮白毛大风把你们俩刮走了。我们几年前就知道你们俩在上边生活，而且我们还知道你们俩活得很苦。我们早就决定把你们俩请回来玩玩，但一直找不到机会，今天，这机会终于来了。所以你们来到了这里就应该像回到了自己家里一样，或者说就像走亲戚一样。他说他们是嗅味的民族，根本不要吃东西，每天嗅一次食物的气味就可以了。他说如果我们不嫌弃他们嗅过的食品，尽管来吃好了，即便我们不吃，他们也要倒进暗道，流到蓝河里去喂四眼鱼。后来他们把我们送到井口，欢迎我们经常来做客，他们恳求我们不要把这里的情况对外人说道，我们对他们发誓：如果我们说了，就让乌鸦啄我们的脑袋。

（二○○○年）

木 匠 和 狗

　　钻圈的爷爷是个木匠，钻圈的爹也是个木匠。钻圈在那三间地上铺满了锯末和刨花的厢房里长大，那是爷爷和爹工作的地方。村子里有个闲汉管大爷，经常到这里来站。站在墙旮旯里，两条腿罗圈着，形成一个圈。袖着手，胳膊形成一个圈。管大爷看钻圈爷爷和钻圈爹忙，眼睛不停地眨着，脸上带着笑。外边寒风凛冽，房檐上挂着冰凌。一根冰凌断裂，落到房檐下的铁桶里，发出响亮的声音。厢房里弥漫着烘烤木材的香气。钻圈爷爷和钻圈爹出大力，流大汗，只穿着一件单褂子推刨子。欻——欻——欻——，散发着清香的刨花，从刨子上弯曲着飞出来，落到了地上还在弯曲，变成一个又一个圈。如果碰上了树疤，刨子的运动就不会那样顺畅。通常是在树疤那地方顿一下，刃子发出尖锐的声响。然后将全身的气力运到双臂上，稍退，猛进，欻地过去了，半段刨花和一些坚硬的木屑飞出来。管大爷感叹地说："果然是'泥瓦匠怕沙，木匠怕树疤'啊！"

爹抬起头来瞅他一眼，爷爷连头都不抬。钻圈感到爷爷和爹都不欢迎管大爷，但他每天都来，来了就站在墙旮旯里，站累了，就蹲下，蹲够了，再站起来。连钻圈一个小孩子，也能感到爷爷和爹对他的冷淡，但他好像一点也觉察不到似的。他是个饶舌的人，钻圈曾经猜想这也许就是爷爷和爹不喜欢他的原因，但也未必，因为钻圈记得，有一段时间，管大爷没来这里站班，爷爷和爹脸上还是那种落寞的表情。后来管大爷又出现在墙旮旯里，爷爷将一个用麦秸草编成的墩子，踢到他的面前，嘴巴没有说什么，鼻子哼了一声。"来了吗？"爹问，"您可是好久没来了。"蹲着的管大爷立即将草墩子拉去，塞在屁股底下，嘴里也没有说什么，但脸上却是很感激的表情。好像是为了感激爷爷的恩赐，他对钻圈说："贤侄，我给你讲个木匠与狗的故事吧。"

在这个故事里，那个木匠，和他的狗，与两只狼进行了殊死的搏斗，狼死了，狗也死了，木匠没死，但受了重伤。狼的惨白的牙齿，狼的磷火一样的眼睛，狗脖子上耸起的长毛，狗喉咙里发出的低沉的咆哮，白色的月光，黑黢黢的松树林子，绿油油的血……诸多的印象留在钻圈的脑海里，一辈子没有消逝。

管大爷身材很高，腰板不太直溜。三角眼，尖下颌，脖子很长，有点鸟的样子。一个很大的喉结，随着他说话上下滑动。他头上戴着一顶"三片瓦"毡帽，样子很滑稽。提起管大爷，钻圈总是先想起这顶毡帽子，然后才想起其他。这样式的毡帽现在见不到了。管大爷作古许多年了。钻圈爷爷去世许多年了。钻圈爹已经八十岁了。钻圈也两鬓斑白了。爹健在，钻圈不敢言老，但他感觉到自己已经老了。钻圈把许多事情都忘记了，但管大爷讲过的那些故事和他头上那顶毡帽却牢记在心。

管大爷用脚把眼前的锯末子和刨花往外推推，从腰里摸出烟包和烟锅，装好烟，拣起一个刨花圈儿，抻开，往前探身，从胶锅子下面引着火，点着烟，吧嗒吧嗒吸几口，用大拇指将烟锅里的烟末往下压压，再吸两口，两道浓浓的烟雾，从他的鼻孔里直直地喷出来。他清清嗓子，提高了嗓门，小眼睛直盯着钻圈，亮晶晶的，很有神采，说："大侄子，你长大了，一定也是个好木匠。'龙王的儿子会凫水'嘛！"

钻圈听到爷爷咳嗽了一声。钻圈知道爷爷对爹的木匠手艺很不满意，对自己，更不会抱什么希望。爷爷咳嗽，是表示对管大爷的恭维话反感。

管大爷说："五行八作中，最了不起的就是木匠。木匠都是心灵手巧的人，你想想，能把一棵棵的树，变成桌子、板凳、风箱、门、窗、箱、柜……还有棺材，这个世界上，谁能不死？死了谁能不用棺材？所以，谁也离不开木匠。"

爷爷冷冷地说："一大些是用草席卷出去的，也有用狗肚子装了去的。"

"那是，那是，"管大爷忙顺着爷爷的话茬儿说，"我是说个大概，大多数人还是需要一口棺材的，当然棺材与棺材大不一样。有柏木的，有柳木的，有四寸厚的，有半寸厚的。我将来死了，只求二叔和大弟用下脚料给钉个薄木匣子就行了。"

"你这是说的哪里的话？"爹说，"赶明儿大哥发了财，用五寸厚的柏木板做寿器时，别嫌我们手艺差另请高明就行了。"

"我要是发了财，"管大爷目光炯炯地说，"第一件事就是去关东买两方红松板，请大弟和二叔去给我做。我一天三顿饭管着你们。早晨，每人一碗荷包蛋，香油馃子尽着吃。中午和晚上，最次不济也是四个冷盘八个

热碗，咱没有驼蹄熊掌，但鸡鸭鱼肉还是有的；咱没有
玉液琼浆，但二锅头老黄酒还是可以管够的。二叔您也
不用自己下手，找几个帮手来，让大弟领着头干，您在
旁边给长着点眼色就行了。做成了寿器，我要站在上
边，唱一段大戏：一马离了西凉界——然后放一挂八百
头的鞭炮，还要大宴宾客，二叔和大弟，自然请坐上
席——可是，我这副尖嘴猴腮的模样，这辈子还能发
财吗？"

"怎么不能发财？您怎么可以自己瞧不起自己呢？"
爹说，"没准儿走在街上，就有一块像砖头那般大的金
子，从天上掉下来，嘭，砸在您的头上。"

"大弟，你这是咒我死呢！"管大爷道，"寸金寸
斤，砖头大的一块金子，少说也有一百斤，砸在头上，
还不得脑浆迸裂？即便运气好活着，也是个废人。这样
的财我还是不发为好，就让我这样穷下去吧。"

"其实您也不穷，"父亲说，"人，不到讨饭就不要
说穷。您瞧您，穿着厚厚的棉袄，戴着八成新的毡帽，
我们弯着腰出大力，您抽着烟说闲话，我们都不敢说
穷，您怎么可以说穷？"

爷爷瞪了爹一眼，说："干活吧！"

爷爷一开口，爹就闭了嘴。场面有点僵。钻圈瞅着

房檐下那些亮晶晶的冰凌，不由地叹了一口气。

"小孩叹气，世道不济。"管大爷说，"大侄子，你不要叹气了，我给你再讲个木匠和狗的故事吧，听完了这个故事，你就欢气了。桥头村有个木匠，姓李，人称李大个子——没准二叔和大弟还认识他，他也算是个有名的细木匠，跟二叔虽然不能比，但除了二叔，也就无人能跟他相比了——我这样说大弟您可别不高兴。"

"我是个劈柴木匠，只能干点粗拉活儿，"爹笑着说，"你尽管说。"

"李大个子早年死了女人，再也没有续弦，好多人上门给他提亲，都被他一口回绝。大家都猜不透他的心思。他养着一条公狗，黑狗，真黑，仿佛从墨池子里捞上来的。都说黑狗能辟邪，但这条狗本身就邪性。去年冬天我去赶柏城集，亲眼见到过这个狗东西，蹲在李大个子背后，两个黄眼珠子骨碌骨碌转悠，好像在算计什么。那天是最冷的一天，刮着白毛风，电线杆子上的电线呜呜地响，树上的枝条嚓嚓地响，河沟里的冰叭叭地响。有很多小鸟飞着飞着就掉下来了，掉在地上立马就成了冰疙瘩。"

"没让那些鸟把您的头砸破？"父亲低着头，一边干活一边问。

"大弟，"管大爷笑着说，"你是在奚落我，你以为我是在撒谎。去年最冷那天，就是腊月二十二日，辞灶前一天，县广播电台预报说是零下 32 度，是一百年来最低的温度记录。其实他们也是在瞎咧咧，气象预报，是共产党来了才有的事。一百年，一百年都回到大清朝去了。那个时代，还没发明温度表呢。"

"不要小看了古人！"爷爷冷冷地说，"钦天监不是吃闲饭的。他们能算出黄历，能算出兴衰，还算不出个温度？"

"二叔说的对，"管大爷说，"钦天监里的人，都是半神，像那个张天师，前算五百年，后算五百年，算个温度不在话下。那天反正是够冷的，从咱们村到柏城集，只有十里路，我就捡了二十多只小鸟。有麻雀，有云雀，有鹁鸪，还有两只斑鸠。斑鸠，为什么叫斑鸠？因为它上午半斤重，下午九两重，斑鸠，半九也。我把捡来的小鸟揣在怀里，想给它们点热度把他们救活。我爹生前是捕鸟的，二叔知道，大弟也知道。那扇捕鸟的大网还在我家梁头上搁着呢。我要是把那网扛到南大荒里支起来，一天下来，怎么着还不网它百二八十个鸟儿？拿到集上去，怎么着还不卖个十块八块的？要说发财，只要把俺爹的行当捡起来就能发财。但伤天害理，祸害性命的事儿，不能再做了。轮回报应，不敢不信。我是一百个信、一千个信的。俺爹的下场，吓破了我的胆。俺爹一辈子祸害了多少鸟？五万只？十万只？反正是不老少。他从小就跟鸟儿摽上了，七八岁时，用弹弓打，人送外号神弹子管小六，我爹在他们那辈里排行第六。听老人说，我爹能听声打鸟。他根本就不瞄准，听到鸟在树上叫，从怀里摸出弹弓和泥丸，胳膊一抻，嗖的一声，鸟声断绝，鸟儿就从树梢上，啪嗒，掉下来了。玩弹弓玩到十三岁，不过瘾了，开始玩土枪，我爷爷是个大甩手，整天吃大烟，家里的事一概不管，由着我爹折腾。我奶奶反对我爹玩土枪，几次把他的枪放在锅灶里烧毁。但烧了旧的，他就做新的。他无师自通地就把土枪做出来了，而且做得很漂亮。火药也是他自己配的。我奶奶管不了他，就咒他：小六啊，小六，你就作吧，总有一天让这些鸟把你啄死。

　　"玩了几年枪，还嫌不过瘾，又鬼使神差地学会了结网，没日没夜地结。结好了，扛到小树林子里支起来，网里放上一个鸟子，唧唧喳喳地叫唤着，把那些鸟儿诱骗下来，撞在网上。人群里有汉奸，鸟群里有鸟奸。那些鸟子就是鸟奸。你想想看，鸟儿们也是有语言的，如果那些鸟子，告诉那些在天空打转转的鸟儿，说下边是管六的罗网，千万不要下来，下来就没命了，那些鸟儿，还能下来吗？鸟子一定是骗它们，说下来吧，下来吧，下边有好吃的，好玩的，把那些鸟儿哄骗下来了。由人心见鸟心啊。人里边，也真有坏的。就说前街孙成良，他还是我的表弟呢，要紧的亲戚。前几年我跟他一起去赶柏城集，走的早，看不清路。他走在前，一脚踩到一堆屎上，跌了一跤。按说他应该提我一个醒。但他不吭气，悄悄爬起来，继续往前走。我在后边，也跟着踩了屎，跌了一跤。我说表弟，你既然踩了屎，跌了跤，为什么不提我一个醒？他说，我为什么要提醒你？我要提醒你，我的屎不是白踩了吗？我的跤不是白跌了吗？你说这人的心怎么这样呢？

"我爹天生是鸟儿们的敌人，杀起鸟儿来决不手软。他把那些鸟儿从网上摘下来时，顺手就捏断了它们的脖子，扔在腰间的布袋里。那个布袋在他的胯下鼓鼓囊囊地低垂着，他的脸上蒙着一层通红的阳光。我没有亲眼看到过我爹捉鸟时的样子，但我的脑子里总是浮现出我爹捉鸟时的景象。我爹捉鸟，起初是为了自己吃。小时候他就会弄着吃，听说是跟着叫化子学的，找块泥巴把鸟儿糊起来，放在锅灶下的余火里，一会儿就熟了。把泥巴敲开，香气就散发出来。这样的香气连我奶

奶也馋，但她信佛，吃素。信佛吃素的奶奶竟然生养出
一个鸟儿的杀星。如果那些死鸟的魂儿上天去告状，我
奶奶难免受到牵连。我爹后来就成了一个靠鸟儿吃饭的
人，鸟肉虽香，但也不能天天吃。人是杂食动物，总要
吃点五谷杂粮才能活下去。我爹别无长技，别的事情他
也不想干，庄稼地里的活儿他是绝对不会干的。弄鸟
儿，是他的职业是他的特长也是他的爱好。说起来，我
爹一辈子，干了自己愿意干的事，也是造化非浅。我爷
爷死后，我爹要养家糊口，就把捕获的鸟儿拿到集上去
卖。到了集上，把腰间的布袋解开，把鸟儿往地上一
倒，几百只死鸟堆成一堆，什么鸟儿都有，花花绿绿
的。有的鸟死后还把舌头吐出来，像吊死鬼一样，既让
人害怕，又让人感到可怜。赶集的人走到我爹面前，都
要往那堆死鸟上看几眼。有摇头叹息的，有骂的：管
六，你就造孽吧。对鸟儿最感兴趣的还是孩子。每次我
爹把鸟儿摊在地上，就有几个小男孩围上来看。先是站
着看，看着看着就蹲下来。先是不敢动手，看着看着手
就痒了，黑乎乎的指头勾勾着，伸到鸟堆上，戳那些
鸟。越戳越大胆，就翻腾起来，似乎要从里边找到一个
活的。我爹抄着手站着，低头看着这些咂着鼻涕的孩
子，脸上是悲伤的表情。我爹心中的想法，任谁也猜不

透的。他是身怀绝技啊。如果是退回去几百年，还没把洋枪洋炮发明出来的年代，我爹靠着那一手打弹弓的神技，就可能被皇上招了去，当一个贴身的侍卫。就算时运不济没给皇上当侍卫，给大官大员们，譬如包青天那样的大官，当一个护卫，王朝马汉，孟良焦赞，那是绝对的没有问题的吧？就算连王朝马汉孟良焦赞也当不了，往难听里说，当一个绿林好汉，占山为王总是可以的吧？你们想想，那么小的鸟儿，我爹一抬手，就应声而落，要是让他用弹子去打人，想打右眼，绝对打不了左眼。人的眼睛，是最最要紧的，哪怕你有天大的本事，满身的武功，比牛还要大的力气，但只要把你的眼睛打瞎了，你也就完蛋了。我爹真是生不逢时啊。生不逢时的人，对那些有权有势的人，总是冷眼相对。你有权，你有势，那是你运气好，不是靠真本事挣来的，我爹最瞧不起这些人。你有权有势，我不尿你那一壶。生不逢时的人对小孩子是最好的。身怀绝技的人都是有孩子气的，跟小孩格别的亲。我爹身边，总是有一些小男孩跟着。许多男孩，都打心眼里羡慕我，羡慕我有这样一个身怀绝技的爹，跟着这样一个爹可以天天吃到精美的野味。走兽不如水族，水族不如飞禽。摆在我爹面前这些鸟儿可都是飞禽。有麻雀，有黄鹂，有交嘴，有绣

眼，有树莺，还有许多叫不出名字的小鸟。我爹自然是
能叫出来的。那些蹲在鸟堆前的孩子，用小手捏着鸟儿
的翅膀或是鸟儿的腿儿，仰脸看着我爹：大爷，这是什
么鸟儿？黄雀。然后提起另外一只：这只是什么鸟儿？
灰雀。这只呢？虎皮雀。这是腊嘴，这是白头翁，这是
窜窜鸡，这是灰鹡鸰，这是五道眉，这是麦鸡……孩子
们的问题很多，我爹有时候很耐心地回答，有时候根本
不理睬他们。我爹面前，尽管围着许多孩子，但他的
鸟，其实很难卖。人们并不知道如何把这些东西处理成
可食的美味。鸟卖不出去，时间长了，就臭了。在鸟儿
没有臭之前，我爹还是满怀着把它们卖出去的希望，背
着它们去赶集，但一旦它们臭了之后，就只好埋掉，埋
在我家房后那片酸枣棵子里。那些酸枣，原本是灌木，
因为吸收了死鸟的营养，长得比房脊还高，成了大树。
到了深秋，果实累累，一片紫红，煞是好看。有一个挖
药材的陈三，用杆子敲打酸枣树，每次都弄好几麻袋，
卖到土产公司，听说卖了不少钱。他是个有良心的人，
每年春节，都要送我爹一瓶好酒。说六叔啊，这是感谢
你的那些死鸟呢。酸枣树丛里，有好几窝野兔子，其中
有一只老兔子，狡猾极了，正是：人老奸，驴老滑，兔
子老了鹰难拿。这个老兔子，毁了好几个鹰。你知道那

些鹰是怎么毁的吗？那个老兔子的窝门口，有两棵小酸枣，老兔子看到鹰来了，就用前爪扶着酸枣棵子，等待着鹰往下扑。鹰扑下来，老兔子不慌不忙地把那两棵酸枣一摇晃，枝条上的尖针，就把鹰的眼睛扎瞎了。我爹用他的鸟网，经常能网到鹰。我们这地场，鹰有多种，最大的鹰，就像老母鸡那么大。鹰的肉，不怎么好吃，酸，柴。但鹰的脑子，据说是大补。我爹每次捕到鹰，就会发一笔小财。县城东关有个老中医，用鹰的脑子，制作一种补脑丸，给他儿子吃，他儿子是个大干部，出入都有跟班的呢。你们看我这是说到哪里去了呢。后来我爹在不知道受了哪个明白人指点之后，不在大集上卖死鸟了。他在家里，把这些鸟儿拾掇了，用调料腌起来，拿到集上去，支起一个炭火炉子，现烤现卖。鸟儿的香气，在集上散发，把好多的馋鬼勾来。我爹的财运来了，挡都挡不住。那年秋天，乡里新来了一个书记，名叫胡长清，鼻头红红，好喝几口小酒。书记好喝小酒，是很正常的。他的工资是全乡里最高的，每月九十元，九十元啊，够我们挣一年的了。二叔和大弟，你们辛辛苦苦地锯木头，累得满身臭汗，一个月也挣不到九十元吧？"

"你这是拿檀香木比杨柳木呢。"爷爷说。

父亲说:"听说那个书记是个老革命,原先在县里当副县长的。闹水灾那年,他带领着农民去拦火车,说是火车震动,能把河堤震开。整个胶济铁路,中断十八个小时。气得国务院一个副总理拍了桌子,批示说:小小副县长,吃了豹子胆。为了小本位,断我铁路线。责成山东省,一定要严办。书记犯了错误,被撤了好几级,下放到咱们这里当书记。如果不是撤了职,他每月要挣一百多元。"

爷爷感叹道:"那样多的钱,怎么个花法?"

"所以我说我爹的财运来了挡都挡不住的。胡书记,一个老光棍汉,听人家说他不结婚的原因是裤裆里那件家什被炮弹皮子崩掉了。要不,这样的老革命,还不从城里找一个天仙似的女学生繁殖一大群革命接班人?不过要是这样我估计着他也就不敢领着农民拦火车了。这个胡书记,脾气暴躁,作风正派,从来不用正眼看女人,就冲着这一点,他的威信呼啦一下子就树立起来了。在他之前,咱们乡里那几任书记,都好色,见了女人腿就挪不动。突然来了一个不近女色的书记,大家都感到吃惊,然后就是尊敬。胡书记好赶集,没事就到集上去转转,那时候困难年头刚刚过去,集市上的东西渐渐地多了起来。我爹的鸟儿,用铁签子穿着,一串一串的，放在炭火上烤着，嗞啦嗞啦地冒着油，散发着扑鼻的香气，连那些白日里很难见到影子的野猫都来了，在我爹的身后打转。连那些鹞鹰都飞来了，在我爹的头上盘旋。瞅准了机会，它们就会闪电般地俯冲下来，抓起一串鸟儿，往高空里飞，但飞不了多高它就把铁签子连同鸟儿扔下来了。铁签子在火上烤得太热，烫爪子。胡书记是不是闻着香味来的，我真的说不好，但我想，只要他到了我爹的摊子前，自然是能闻到香味的。那可不是一般的香味，那是烧烤着天上的鸟儿的香味啊。胡书记那样的好鼻子，自然不能闻不到。而只要他闻到了香味，他想不买也难了。我爹生前，高兴的时候，曾经跟我唠叨过，说这个世界上，最考验男人的事情，一个是美色，第二个就是美食。美色，有人还能抵抗，但美食，就很难抵抗了。有的人可能几年不沾女人，但把一个人饿上三天，然后摆在他面前两个饽饽一碗肉，让他学一声狗叫就让他吃，不学就不给吃，我看没有一个人能顶得住。"

"人的志气呢？人毕竟不是狗。"钻圈的爷爷冷冷地说，"俺老舅爷小时候，家里跟沙湾李举人家打官司，输了，家破人亡。俺老舅爷只好敲着牛胯骨沿街乞讨。有一次在大集上，遇到了李举人在路边吃包子。老舅爷不认识李举人，就敲着牛胯骨在他面前数了一段宝。老舅爷自小聪明，记忆力强，口才好，能见景生情，出口成章。那一段宝数的，真是嘎嘣利落脆，赢得了一片喝彩。那个李举人问我老舅爷：你这个小孩，是哪个村子里的？这么聪明，为什么干上这下三滥的营生？俺老舅爷就把家里跟李举人打官司的事数落了一遍。说得声泪俱下。那李举人脸上挂不住，就说：小孩，你别说了，我就是李举人。事情并不像你说的那样，你爹是个混帐东西，他输了官司，并不是我去官府使了钱，也不是官府偏袒我这个举人，是因为公道在我这方。这样吧，小孩，冤家宜解不宜结，你也不用敲牛胯骨了，你拜我做干老头吧。从今之后，只要有我吃的，就有你吃的。俺老舅爷那年才九岁，竟然斩钉截铁地说：'人活一口气，树活一张皮。宁敲牛胯骨，不做李家儿。'集上的人听了俺老舅爷这一番话，心中都暗暗地佩服，都知道这个小孩子长大了，不知道能出落成一个什么人物。"

钻圈插嘴问道："这个老舅爷爷后来成了一个什么人物呢？"

"什么人物？"爷爷瞪了钻圈一眼，单眼吊线，打量着一块木板的边沿，说，"大人物！"

"二叔，您说的是王家官庄王敬萱吧？"管大爷肯定地说,"他后来参加了孙中山的革命党,民初的时候,在军队里当官,孙中山给他发表的军衔是陆军少将。这样的人物,自然是能够做到冻死不低头,饿死不弯腰的。"

钻圈的爷爷哼了一声,弯腰刨他的木头,一圈圈的刨花飞出来,落在钻圈的面前。

管大爷说:"钻圈贤侄,我继续给你说木匠和狗的故事。"

钻圈说:"你爹和鸟的故事还没说完呢。"

"我爹的故事,也没有什么讲头了。那个胡书记,每逢集日,就到我爹的摊子前,买两串小鸟,蹲在地上,从怀里摸出一个扁扁的小酒壶,一边喝酒,一边吃鸟,旁若无人。认识他的人,知道他是堂堂的书记,不认识他的人,还以为是个馋老头呢。他后来和我爹混得很熟,很多人说我爹和他拜了干兄弟。但其实没有这么回事。我爹是个直愣人,不会巴结当官的。否则,我早就混好了。"

"您现在混得也不错。"钻圈的爹说。

"稀里糊涂过日子吧,"管大爷感慨地说,"胡书记不止一次地对我爹说:老管,让你儿子拜我做干老头吧,我好好培养培养他。我爹死活不松口。这样的好事落到别人身上，巴结还来不及呢。可我爹……算了，不说了。大弟你说，如果我拜了胡书记干老头，最不济也是个吃公家饭的吧？"

"那是，"钻圈的爹说，"没准也是一个书记呢。"

"你爹也是个有志气的！"钻圈的爷爷感叹着，"管小六啊管小六，这样的人也难找了！"

"钻圈贤侄，我给你讲木匠与狗的故事。"管大爷说。

……

钻圈老了，村子里的孩子围着他，嚷嚷着："钻圈大爷，钻圈大爷，讲个故事吧。"

"哪里有这么多的故事？"钻圈抽着旱烟，说。

一个咂着鼻涕的小男孩说："钻圈大爷，您再讲讲那个木匠和他的狗的故事吧。"

"翻来覆去就是那一个故事，你们烦不烦啊？"

"不烦，不烦……"孩子们齐声吵吵着。

"好吧，那就讲木匠和狗的故事吧。"钻圈说，"早年间，桥头村有一个李木匠，人称李大个子。他养了一条黑狗，浑身没有一根杂毛，仿佛是从墨池子里捞上来的一样……"

……

那个嗵鼻涕的小孩，在三十年后，写出了《木匠和狗》：

　　……木匠拖着沉重的步伐，不断地回忆着那个收税小吏横眉立目的脸和猖狂的腔调，摇摇摆摆地走进家门。他将扁担和绳索扔在地上，大骂了一声：狗杂种！然后又回头对着湛蓝的、飘游着白云的天空，再骂一声：狗杂种！忙活了半个月，用上好的桐木板和灿烂的公鸡毛做成的四个风箱，卖了一百元钱，竟被集市上那个目光阴沉的收税员罚没了九十元，心中的懊恼难以言表。把剩下的十元钱，打了两斤薯干酒，割了两斤猪头肉，还买了一串油炸小鸟。吃到肚子里，喝进肚子里，把钱变成屎尿，让你们罚去吧。钱没了，但日子还得往下过。钱是死的，人是活的。只要人活着，不生病，有手艺，赶集时长着点眼色，看到那些卖炒花生的小贩提着篮子拖着秤逃跑，你就跟着逃跑，不要把木货全部解开，免得临时捆不及，这样，就可以保证不被那个收税的抓住。我的风箱做得好，木板烘烤得干燥，鸡毛扎得厚实，风力大，不飘偏，方圆百里，没人不知道我的风箱。只要有用风箱的人家，我就有活干。只要有活干，就会有钱挣。今日破了财，就算免了灾。嗨！这年头。心中虽然还为那被罚没的九十元疼着，但明显地钝了，麻木了。

把肉和酒从帆布兜子里摸出来，扔在桌子上。坐下，刚要吃喝，就听到街上一阵嚷。木匠本不想出去，这年头，多一事不如少一事，但喊声越来越急，终于坐不住了。出去看，原来是邻居家一头牛犊掉到井里。那个年轻媳妇在喊叫：李大叔，快帮帮俺吧，要是淹死牛犊，俺男人回来，会把俺的头砸破的，他下手可狠，您以前见过的啊。年轻媳妇蓬着头，头发上沾着草，腮上抹着灰，看样子是从锅灶边跑出来的。正是晌午头，做饭的时辰，许多烟囱里，冒出白烟。木匠马上就想起来邻居那个黑大汉子，双手拖着老婆两只脚，在大街上虎虎地走着的情景。老婆哭天嚎地，汉子洋洋得意。有人上前去劝，被啐了一脸唾沫。木匠不愿意管这家的事情，只怕出了力还赚了汉子的骂。那家伙有疑心症，谁要跟他老婆说句话，就要遭他的怀疑和嫉恨。但架不住女人苦苦地哀求，又想起那只牛犊，缎子般的皮毛，粉嫩的嘴巴，青玉般的小蹄子，在胡同里蹶着尾巴撒欢，真是可爱。于是就回家拿着绳子，往井边跑，沿途招呼了几个人，到了井边，把绳子挽成套儿，顺到井里，揽住牛犊，众人齐用力，发声喊，把牛犊拖上来。牛犊在地上趴了一会，打几个喷嚏，爬起来，抖擞抖擞，向着场院那边跑了。等他捞完牛犊回家，发现桌子上的肉没有了。只有一片包过肉的破报纸，粘连在桌子边沿上。那条黑狗，蹲在桌子旁边，盯着木匠，眼珠子骨碌碌地转悠。木匠好恼，抓起一根棍子，对准狗头，擂了下去，狗不躲闪，正好擂在头上。木匠骂道：你这个馋东西，好不容易弄了点肉，我没吃，你先吃了。狗说：我没吃。木匠说：你没吃，谁吃了？狗说：我也不知道谁吃了，反正我没吃。木匠说：你还敢跟我犟嘴，看我不打死你。木匠抄起一根大棍，对着狗头砸去。狗当场就昏倒了，鼻子里流出血来。木匠心中也有些不忍，扔掉棍子，自己喝酒。喝醉了，趴在桌子上睡了。迷蒙中，看到狗费劲地爬起来，摇摇摆摆地向着门外走去。木匠说：狗杂种，走了就不要再回来了。从此这条狗就没有了。

　　过了一个月光景，一个晌午头儿，木匠躺在床上午睡，朦胧中听到门被轻轻地拱开了，他猜到是

狗回来了。好久不见，他还真有点想狗了。木匠装
睡，眼睛睁开一条缝，看着狗的行径。狗拖着一根
高粱秸，把木匠的身体丈量了一下，悄悄地走了。
木匠心中纳闷，不知道这个狗东西想干什么。过了
几天，没有动静，木匠就把这事淡忘了。

　　有一天，木匠去外地杀树归来，背着一把锯
子，一个大锛。他喝了一斤酒，有八分醉，晃晃悠
悠地走着，迎着通红的夕阳。到了一片荒草地，周
围没人影。很多鸟儿在红彤彤的天上叫唤。一条窄
窄的小路，从荒草地中间穿过。木匠走在小路上，
路两边草丛中的蚂蚱，扑棱棱地往他身上碰。他看
到很远的地方，有一片树林子，树林子边缘上，有
一个人埋伏在草丛里，在他面前不远处，支着一面
大网，网中有一个鸟儿在歌唱，千回百啭的歌喉，
十分动听。一群鸟儿，在网上盘旋着。木匠知道，
那个藏身草丛的人，姓管行六，人称神弹子管小
六，是个捉鸟的高手，杀死过的鸟儿，已经不计其
数了。木匠看到，空中那些鸟儿，经不住网中那只
鸟子的诱惑，齐大伙地扑下去，然后就着了道了。
那个管六，从草丛中慢吞吞地站起来，到网前去，
收拾那些鸟。尽管看不真切，但木匠能够想象出那

些被捏死的鸟儿的惨样。木匠心中凄凄，身上感到凉意，好像有小凉风，沿着脊梁沟吹。世界就是这个样子，各人都有自己的活路。那些被捏死的鸟儿凄惨，但那些被你杀死的树呢？树根被砍断，树枝被锯断，往外流汁水，那就是树的血啊。木匠叹一声，继续往前走。走不远，就看到在小径的右边，草丛深处，有一棵枯死的树。在这个地方，长出这样一棵孤零零的树，是件怪事。这棵树枯死，也是一件怪事。世上的事，仔细琢磨起来，都是怪事。琢磨不透彻的，不如不琢磨。木匠看到，树下草丛中起了动静。有一个油滑的黑影子，从草中跃起来。他马上就知道了，那是自己的狗。他心中感到有些不妙，但还是没往坏处想。狗在草丛中蹿了几下，就到了自己眼前。他还以为狗会摇着尾巴讨好呢，但一看，才知道事情不好了。狗龇出白牙，发出呜呜的叫声。狗眼闪烁，放着凶光。这样的声音和表情，让木匠心中凛然。他知道这条狗，已经不是过去那条狗。这条狗过去是自己的亲密朋友，现在，是自己的冤家对头。狗步步逼近，木匠步步倒退。木匠一边倒退一边说：老黑，那天的事，是我过分了。你跟了我这么多年，偶尔嘴馋，偷一块肉吃，按说也不是什么大错，我不该用棍子打你。狗冷笑一声，说：你现在才说这些话，晚了，伙计。狗后腿蹬地，猛地往前一扑，身体凌空跃起，嘴巴里尖利的白牙，对着木匠的咽喉。木匠跌倒，狗扑上来，就要咬到木匠的脖子时，木匠抬胳膊挡了一下，袖子被撕下来。经了这一吓，身体里的酒，都变成冷汗冒了出来。木匠四十岁出头，身手还算利索，打了一个滚，滚到路边草丛中。狗又扑上来，不给木匠站起来的机会。木匠把背后的带子锯抢起来，往前一甩，锯条铮然一声弹开，打在狗的下巴上。狗一愣，往后跳了一下。趁着这个机会，木匠跳起来，同时把大锛抓在手里。手中有了家什，木匠镇静了许多。锛是木匠的利器，也是最常使用的工具。狗自然知道主人是个使锛的高手，手上既有力气又有准头，也就有了忌惮之心，不敢像适才那样猖狂进攻。狗和人僵持着。狗耸着脖子上的毛，龇着牙，呜呜地低鸣。人持着锛，还在说理，骂狗。看看红日西垂，已经挂在了林梢，红光遍地，正是一个悲凉的黄昏。木匠慢慢地倒退，狗亦步亦趋地跟随。这种状态对木匠不利。木匠举着锛，发起主动进攻，但狗往后轻轻一跳就躲闪了过去。木匠再进攻，狗再退。木匠明白了自己的进攻毫无意义，空耗力气，而且只要手上一慢，很可能就会被狗趁机蹿上来。明智的举动，就是防守，等着狗往上扑。但狗很有耐心，只是跟随着步步后退的木匠。看看退到了树林边，木匠用眼睛的余光瞥见神弹子管小六，于是就大声喊叫：六哥啊，帮帮我，除了这个叛逆！但那管小六，好像聋子一样，对木匠的喊叫毫无反应。木匠知道，再这样拖延下去，迟早要着了这个狗东西的道儿。于是，他使出来凶险的一招：身体往后，佯装跌倒。在身体往后仰去的同时，手中的大锛也刃子朝上扬了起来。狗不失时机地扑上来，大锛锋利的宽刃，恰好砍进了狗的下巴。狗的身体在空中翻了一个个儿，半个下巴掉在地上。木匠跳起来，抡起大锛，对准负痛在草地上翻滚的狗头，劈了下去。啪的一声，狗头开了瓢儿。

木匠坐在地上，看着死在自己面前的狗。他看着裂开的狗头上那些红红白白的东西，和狗的一只死不瞑目的眼睛，突然感到恶心，就吐起来。吐完了，手按着地爬起来。他感到极度疲乏，浑身没有一丝力气，似乎连那个大锛也提不起来了。他看到，神弹子管小六，在距离自己五步远近的地方，怔怔地看着地上的狗。他说：小六，把这个狗东西拖回去煮煮吃了吧。管小六不说话，还是盯着狗看。木匠看到管小六腰间的叉袋沉甸甸地低垂着，里边全是死鸟。

木匠收拾起工具，想往家走。刚走了几步，又回头朝那棵枯死的树走去，适才，狗就是从那里蹿出来的。树下，有一个长方形的深坑。坑里有一根高粱秆。木匠明白了，知道狗是按照那天中午量好的尺寸，给自己挖好了葬身之地。

木匠来到狗的尸体旁边，对依然站在那里发愣的管小六说：跟我来看看吧，看看它干了些什么。木匠拖着狗的后腿，来到树下。对尾随着的管小六说：他量了我的身高，然后给我挖了坑。管小六摇摇头，似乎是表示怀疑。木匠突然激奋起来，大嚷着：怎么？你不相信吗？难道你怀疑这条狗的智慧吗？这个狗东西，就因为我打了它一下，然后就和我结了仇。趁着我午睡时，用高粱秆丈量了我的身体，然后，就给我挖了坑。它知道我要去蓝村杀树，这里是我的必经之路，它就在这里等我。管小六还是摇头，木匠益发愤怒起来，说：你以为我是撒谎骗你吗？我"风箱李"耿直了一辈子，从来没有撒过谎。但你竟然不相信我，我怎么才能让你相信呢？这个狗东西和我战斗时的样子你亲眼看到了，你知道它的凶猛，但你不知道它的智慧。要不我就躺到这个坑里，让你看看，是不是合适。木匠说着，就把背上的锯和锛卸下来，跳到坑里，躺下，果然正合适。木匠在坑里，仰面朝天，对管小六说：你现在相信了吧？管小六笑着，不说话，把那条死狗，一脚踢到坑里。木匠大喊：管小六，你干什么？你要把我和它埋在一起吗？管小六把那把大肚子锯抖开，一手握着一个把子，锯齿朝下，猛地插在土里，然后往前一推，一大夯土就扑噜噜地滚到坑里去了。小六，木匠大声喊，你要活埋我？木匠挣扎着想爬起来，但身体被狗压住了。管小六用大锯往坑里刮土，只几下子，就把木匠和狗的大半个身体埋住了。木匠喘息着说：小六，也好，也好，我现在想起来了，知道你为什么恨我了。

（二〇〇三年）

火 烧 花 篮 阁

　　在一座寂寞的城市中央，有一个美丽的湖泊碧波荡漾。湖的中央有一座名叫花篮的小小岛屿，一年四季都散发着或浓或淡的花香。岛上曾经六次建起雕梁画栋的楼阁，但都在建成后三个月内被烧成废墟。失火的原因据调查都是因为雷击或燃放鞭炮，当然也有些带着神秘色彩的民间说法。在花篮岛上建楼阁，是这个城市的一任又一任市长执着到病态的追求，但他们的努力总是迎来那一把将城市的夜空照亮的大火。他们建筑楼阁的希望总是在烈火中破灭，但他们的官运却总是随着烈火的熄灭而亨通。

　　最近的一任市长，是一个相貌古怪的建筑学博士。到这个城市上任之前，他曾在省城主持兴建了声名远播的八大建筑，其中五项，获得过建筑界的最高荣誉"鲁班奖"。一时英名，不可一世，犹如中天的太阳。风传他要到中央的建设部门任要职，但最后却落籍在这个地处偏僻、人口不足四十万的小城当了市长。

博士走马上任后的第一天夜晚，就带上那个当地政府配给他的秘书——一个大学建筑系毕业的年轻小伙子——悄悄地出了政府宾馆，沿着他似曾相识的街道，凭着感觉走到了湖边。道路两边盛开的丁香花熏得他有些头晕，明亮的月光照得他有些目眩。所以他来到该城的第一篇日记的第一句话就是：月光花香，头晕目眩。

然后他接着写：

在湖边漫步约半点钟，突然萌生了上岛看看的念头。问秘书小伍：此时可还能找到上岛的船？秘书脸上浮现出一个很难觉察、但还是被我觉察到了的笑容，他说：我到前边去找找看。我故意地往回走，给他一个去"找"船的机会。湖边小路两旁，全是一蓬蓬的丁香树，花团锦簇，十分美丽。花香浓厚，月光中弥漫着花粉。秘书很快就跑回来，兴奋地对我说：市长，真是太巧了，青叶码头那边，恰好有一条小渔船。

在秘书多余的扶持下我上了小船。站在船头的渔夫，身披蓑衣，头戴斗笠，目光炯炯，下巴上一部白胡须，看上去很像是戏剧舞台上的人物。大伯，打扰你了。我说。渔夫微微一笑，没有说话。他用长长的竹篙撑着湖边的泥地，使船缓缓地驶入深水。然后他就站在船尾，摇起长橹。欸乃之声，在静静的月夜里，显得格外响亮。我和秘书坐在船舷，相对无言。在我们之间，有几个篾片编成的虾篓，还有一张干燥的密眼虾网。秘书说：市长，我们这个湖里盛产白虾，很有名的。我不置可否地点点头，目光越过他，往远处看。但见一片烂银闪烁，湖水与月光已经融为一体。不时有白色的水鸟被惊飞起来，扑棱着翅膀，落到远处的闪光中去，似乎在那里融化了。

　　小船离岸越远，桨声和水声愈加响亮。沉睡的城市中心，不时传来水泥搅拌机模糊的轰鸣声，高大的起重机巨臂在澄澈如洗的夜空中缓缓摆动。夜深沉，月光更加明亮，举手可见掌上的纹路。再看岸边那些丁香花树，已经变成了团团簇簇的烟雾。它们的香气已经嗅不到了；此刻我嗅到的，是纯粹的清凉的水的气息。当又有丁香花的香气飘来时，这个名叫花篮的湖心岛已经近在眼前。

　　我跟随着秘书离船上岛，很想对渔翁说几句感谢的话，但回头见他已经坐在船头，身体蜷缩在蓑衣和斗笠里，像一只夜栖的大鸟。沿着一条卵石铺成的小径走向岛的中央。小径两边的丁香树枝杈纵横，多情地拦挡着我们。秘书在前分拨花枝；花枝沉甸甸地抖动，浓郁的香气扑面而来。

　　我们很快到达了小岛中央的制高点，也就是连续六次建起过"花篮阁"的地方。这地方约有两个篮球场大小，高度距湖面约有六十米。站在这里，放眼四望，确实令人心旷神怡。如果在这里建起一个五十米高的楼阁，登高远望，四面的城市和远处的山影都可收到眼底。这里确实需要一个楼阁。

　　被火焚烧后的楼阁废墟看来已经清理过了。一堆堆的砖瓦石料，整整齐齐地摆放在场地的四周。在石料的旁边，还有一堆码得方方正正的木料，都是一等的红松，散发着浓烈的松油的香气。在这样干燥的四月天气里，似乎扔上一根火柴，就能把这堆木料点燃。木料的旁边，还有一堆摆放整齐的脚手架；脚手架旁边，是一堆用稻草绳子捆绑着的活动板房组件。只要来五个工人，用一天工夫，就可以组装起可供五十个工人居住的简易房屋。眼前的一切，都说明这是一个原料基本齐备、随时都可开工的建筑工地，而不是两个多月前才被焚烧的楼阁废墟。

我坐在一块石料上，仿佛低头沉思着什么，但其实我什么也没有想。团团袭来的花香让我头昏。秘书低声问我：市长，抽烟吗？我说：我已经戒了烟，如果你想抽，尽管抽就是，我喜欢闻别人抽烟的味道。秘书说：我不抽烟，我从来没有抽过烟。我很理解地点点头，说：好吧，那我就抽一支吧。秘书慌忙拉开腋下的皮包，从中拿出一盒软包中华，熟练地拆去封条，揭开锡纸一角，弹出一支，递到我的面前。我从烟盒中把烟抽出，秘书就把那个燃着绿色火苗的金光闪闪的打火机送到了我的嘴边。

你说点什么吧，我看着他那一口被火苗照亮的牙齿说。

秘书无声地笑一笑，说：这似乎成了一个规矩——即将卸任升迁的市长，为他的后任清理好废墟，准备好建筑材料——这似乎成了一个规矩。

为什么？我问，难道每一任市长的想法都一样吗？如果在我的任期内我不想建这个楼阁呢？我指指那堆散发着松油气味的木材，说，如果我的设计不需要这些材料呢？

秘书抬手搔搔脖子，说：我也不知道……

在跟我之前，你做什么？

我四年前大学建筑系毕业，在市建委工作了一年，然后就跟胡副市长，但我与秦市长的秘书小孙是好朋友。小孙跟秦市长到省卫生厅上任去了。秘书说。

夜很深了，凉气袭来，我不由地打了一个寒战。秘书慌忙将皮包夹在双腿之间，匆忙将身上的外衣脱下来要往我身上披。

我摆摆手拒绝了他。

秘书抬头看看已经偏西的月亮，说：要不我们先回去吧，市长，已经很晚了。

不急，我说，小伍，我们是同行啊。你跟我当秘书，是不是可惜了？

不不不，秘书急忙说，我听说要跟您，兴奋得两天没睡觉。您是大名鼎鼎的建筑专家，跟着您，一定能学到很多东西。我的女朋友说我不是给您当秘书，而是跟着您读研究生呢。

你给我讲讲这花篮阁的事吧。我说。

最近的一次我比较清楚，过去那五次都是听人家说的。秘书说。

没有关系，你随便说，添点油加点醋都没有关系。我说。

我不会添油加醋的，市长，秘书说，最近这把火是大年夜里起的。当时，全城都在放鞭炮，大街小巷里都是滚滚的硝烟。我正在政府办公室里看春节联欢节目，听到秦市长的秘书小孙在楼道里大喊：起火了！起火了！大家跑出办公室，争先恐后地爬上楼顶，看到花篮岛上一道火光冲天，好似一根洞天烛地的大蜡。花篮岛周围的湖面，被火光照耀得明亮如镜，城里的灯火都变得暗淡昏黄。新建起不久的花篮阁在烈火中颤抖着，好像一个受火刑的人，要努力地保持尊严，坚持着不倒下，能多站一秒钟就坚持一秒钟。我听到站在我身边的小孙长舒了一口气，低声嘟哝着：终于起火了。我侧目看了一眼小孙，发现他浑身都在颤抖，不知是因为激动还是因为寒冷。

起火时间距离竣工时间有多久？我问。

正好三个月。一天不多，一天不少，正好三个月。秘书说。

秦市长呢？我问。

秦市长到明阳市休假去了。他的家属在那边，一直没有搬过来。秘书说，大家站在楼顶上看着那火，看着那火中的花篮阁，看着那些在火焰中渐渐变形的飞檐斗拱，直到楼阁坍塌，发出一声巨响，大家才如释重负般地慢慢下楼。

难道就没有老百姓出来观看？我问。

有许多老百姓出来观看。湖边上站满了人，几乎所有的楼顶上都站满了人。秘书说。

老百姓什么反应？

我确实没有听到，市长，秘书说，但事后我听我的女朋友说，老百姓都说花篮岛上有一窝狐狸，是它们放火焚烧了楼阁。

我不是问这个，我是问老百姓对这件事的反应。

秘书为难地说：好像也没有什么反应……老百姓好像都习惯了。对了，我听我女朋友的爸爸说过——他是一个退休的小学教师，很正派的一个人——他说，花篮阁建在火地上，起火是正常的，不起火是不正常。他还说，我们这个城市，要想发展，必须每隔几年起这样一把火，今年的火起得尤其好，大年夜里起火，主兆一年红红火火。我女朋友的妈妈——她是个没有文化的家庭妇女，水平比较低——说，烧了好，烧了好，从建起那天就盼着烧呢，这下可以睡几年安稳觉了。

我苦笑一声。

秘书小心翼翼地说：市长，您可不要生气，我是个实在人，有什么就说什么。

没有关系，你继续说。

第五把火是一九九九年底烧的。具体时间，好像是圣诞节前夜。那时我毕业还不到半年，在市建委见习。起火的那天夜晚，我感冒了，吃了几片含有安眠成分的药，睡得很死。天亮之后，母亲告诉我刚刚建起来两个半月的花篮阁被大火烧毁了。我母亲还说：又该有人升官了。我母亲也是家庭妇女，水平很低。我穿上毛衣、羽绒服，到湖边去看热闹。通往湖边的道路上来来往往的都是去看热闹归来和正要去看热闹的人。天气很冷，人们的神情都很漠然。我到了湖边，正好看到一艘游船靠岸。船上站着十几个人，其中有我们建委的主任，还有马市长。看样子他们是从岛上回来的，我从他们身上嗅到了一股子焦糊的气味。为了防止领导认出，我躲在一丛丁香后边，用袖子遮着脸。我看到市长板着脸下了船，跟随在他身后的那些官员们，却一个个神色愉快。当天晚上，在中央台的新闻联播之前，市长在电视上发表了讲话。他首先向全市人民道歉，自我批评没有看好这座刚刚建成、被全市人民钟爱的、金碧辉煌的花篮阁，然后他说在自己有限的任期内，一定要为下任市长重建花篮阁做好准备。发表了电视讲话不久，马市长就升迁到清波市当书记去了。

起火的原因呢？我问。

雷电，秘书说，市气象台台长在电视上专门讲解了为什么在寒冷的季节还会发生雷电现象的科学道理。

老百姓怎么说？我问，你的女朋友的爸爸妈妈怎么说？

我那时还没有女朋友，秘书不好意思地说，我的女朋友是去年夏天才谈好的，她很崇拜您，市长。

第四次火烧花篮阁发生在一九九五年七月一个雷雨之夜，雷很响，但雨不大。秘书说，当时的市长是方洪谟。起火的第二天他就接到了去省交通厅担任副厅长的任命。

第三次火烧花篮阁发生在一九九二年三月一个春光明媚之夜，当时的市长是赵敬尧，起火十天后他就升任了省计委副主任。

第二次火烧花篮阁发生在一九八九年六月，当时的市长是韩忠良，起火后一个月，他的任期还没满，就到省城的师范大学担任党委书记去了。

第一次火烧花篮阁是一九八七年七月，当时的市长是蒋丰年，他也是学建筑的。在任期间，他领导改造了老城区，拓宽了马路，清理了湖底一百年的淤泥，在湖心岛上建起了花篮阁，还兴建了七个居民小区，大大缓解了市民的住房困难。他在这里连任了两届市长，威望很高。花篮阁建成后，他的威望到达了顶点。花篮阁起火后，老百姓并没有过多地谴责他，但他自己很痛苦。据说他曾经站在废墟上流着眼泪发誓，一定要重建花篮阁，但两个月后，他被调到省建筑设计院当了院长。

我认识这个老同志，人品好，业务也好。我说。

接下来的一个月内，新任市长不断地收到信访办转来的群众来信。来信的内容全是要求重建花篮阁的。信的署名有"众声"、"群心"、"民意"等显而易见的化名，也有"七个退休干部"、"八个老党员"、"五个母亲"等似乎是光明正大的匿名，还有湖畔小学六百名师生的联名信，那些小孩子的稚拙签名，密密麻麻地占满了两张白纸。市长起初还认真地阅读这些信件，但很快就感到了厌烦。他让秘书告诉信访办，有关重建花篮阁的信件，请他们按规定处理，再也不要转来。

市长对重建花篮阁这件事，一直没有明确表态。但在他到任之后的第二个月的第一天，下了一道命令给有关单位，让他们在一周之内，把花篮岛上那些建筑材料，全部运出来，按购买价的一半退还给卖方。办事者似乎面有难色，但市长冷笑一声，他们就讪讪地告退了。

市长上任后第三个月的第一天，在市政府小会议室召开了第一次市长办公会议。会议的主要议题是重建花篮阁。市长将他亲手画出的图纸挂在墙上，用一根可以伸缩的不锈钢教鞭指点着，向他的下属们说明着新图纸与旧图纸的区别。市长是建筑专家，真正的权威，满口都是建筑术语。他的下属们，听完了介绍，用热烈的掌声表示了对市长设计的赞赏。市长举手止住了掌声，说了一段颇为重要的话：新的花篮阁与旧的花篮阁在造型和结构上，其实并没有太大的区别。最大的区别在于建筑材料。市长说，新花篮阁使用的砖是耐火砖，瓦是耐火瓦，所有的梁檩斗拱门窗户牖，全部使用钢铁或是青铜铸件。市长说，除非用三千度的高温把它熔化掉，否则，花篮阁屡建屡毁的历史就到此终结了。

市长讲完了话，看着下属们暧昧的脸，意味深长地笑了笑，说：难道大家还盼望着第七次火烧花篮阁吗？

第二天，市长设计的新花篮阁图案和新花篮阁将使用的建筑材料在市报上以大幅版面登出，电视台也做了相关报道。满怀信心的市长吩咐办公室搜集群众反应——市长原本希望听到一片赞美之声，但办公室搜集上来的反应却仿佛在他发热的头颅上浇了一桶冷水。办公室汇集的群众反应说明：绝大多数群众，对新花篮阁设计方案表示反感，最反感的是那些耐火的材料。晚上，心情沮丧的市长在办公室里书写他上任以来的第六十三篇日记，其中有这样一句话：难道人民群众需要火灾？

市长握笔疾书，办公室的门被推开。或者是一个面容清秀、不施粉黛的年轻女子，或者是一个珠光宝气、浓妆艳抹的半老徐娘，或者是一个柳眉紧蹙、泪光点点、头戴白花的小寡妇，或者是一个鹤发鸡皮、手拄拐杖的老太太，或者是一个身穿洗得发白的中山装、腋下夹着一个磨破了边的旧皮包的老男人，或者是一个身穿乌亮的黑皮卡克、挺着大肚子的中年男子，或者是一个弓腰缩颈、犹犹豫豫的小公务员……出现在他的面前。市长知道，接下来的故事，无论他怎样努力地想不落俗套，都会变成对时下流行小说的拙劣模仿。

（二〇〇三年）

月　光　斩

在县文化局工作的表弟给我发来邮件说：表哥，最近县里发生了一件大事，请看附件——

八月七日上午八点。县委办公大楼五层保密室。机要员小冯，是你的老同学冯国庆的二女儿。小冯刚上班，提着热水瓶想去打开水，听到窗户外乌鸦噪叫，探头外望，发现那棵最高的雪松顶梢悬挂着一个黑乎乎的东西，起初以为是乌鸦们在此筑了巢，心中有几分丧气，继而又见那些乌鸦竟像不畏生死的斗士轮番向那黑物攻击，心中诧异，定睛细看，是一颗人头，随即发出一声尖叫，热水瓶掉在地上，竟然没碎，也是奇迹，正在整理文件的小许—— 她是你老战友的三女儿——跑到窗前往外看，发出更为夸张的尖叫。几分钟后，县委大楼朝南的窗户全部打开，县委大院，乱成一个如被火燎的马蜂窝。

虽然人头已被乌鸦啄得千疮百孔，但人们还是辨认出那是县委刘副书记的面孔。他面色惨白，愈显得精心染过的头发漆黑如墨。他的眼睛已被乌鸦啄瘪，看不到他的眼神了，因此也就无法想象他临终时刻是惊惧还是愤怒，是浑然无觉还是早有准备。有人道：不一定是乌鸦所毁，很可能是罪犯所为，因为据说西方已经可以用一种特殊技术，从死者的视网膜提取信息，然后输入电脑，显示出罪犯的形象。由此判断，罪犯是一个对犯罪学相当了解的高智商者，绝不是一般的坏人。又有人说，罪犯将人头悬挂在县委大院，显然有杀鸡儆猴之意，带有明显的政治意图，因此可以排除一般的情杀或图财害命。刘副书记是从组织部长提起来的，主管干部提拔任用多年，少言寡语，为人谨慎，有良好的口碑。究竟是什么人，将这样一个好干部残忍杀害？闻风而至的县公安局几乎所有的警车发出的刺耳尖啸把所有人的声音都淹没了。县消防中队的一辆救火车开进大院，竖起云梯，一个穿杏黄色防护服的消防员爬上去，展开一块红绸，将人头小心翼翼地包起来。乌鸦愤怒地对他发起冲击。他举起一只胳膊护住面颊，用另一只胳膊夹着人头，迅速地爬下来。

人头被一个着白大褂的法医接过去，小心翼翼地托着，钻进警车，鸣着笛，转着灯，开走。市里的警车与市委领导的车也赶到了，大院里无处停车，就停在了大楼前的永安大街上。县里的防暴警察和武警中队的官兵已经在大街上排开人墙，封锁了道路，成群结队的行人和自行车被封堵，形成了两个黑鸦鸦的人团。万头攒动，人声如潮。警察用电动喇叭喊话，命令人们绕道而行。人们却一个劲地往前挤，直至公安局的马副政委对天鸣枪示警，才恋恋不舍地散去。警笛声停止，但车顶上的警灯还在把一束束令人心寒的光芒扫来扫去。县委大楼上所有的窗户都遵命关闭，但许多人的目光还是不由自主地往外斜，即使他们目不斜视地盯着书本、文件或是压在玻璃板下的照片，但他们的脑海里……好了，表哥，我不想对你描绘刘副书记遇难后发生在县委大楼的事了。从表面上看，已经没有什么异常。常委们躲在五楼小会议室里开紧急会议，各办公室里的人们以比平日严肃得多的态度工作，小头头儿们抓住一点鸡毛蒜皮的小事严厉地训斥部下，而部下也带着痛不欲生的表情承认错误。当然，每个人心中的想法，就只可意会不可言传了。

　　很快就传来了消息，说在县城唯一的那家三星级饭店的一个豪华套间里，发现了刘副书记的尸体。尸体穿着深蓝色的西服，脖子上扎着紫红色的领带，端坐在沙发上，只要安上一个头就可以作报告。清扫房间的服务员进门后就感觉好像缺了点什么，怔了半天，才发现客人无头。奇怪的是，竟然没有一点血迹，米黄色的化纤地毯像是刚刚用强力吸尘器吸过一样，连一点灰尘都没有。断头处，仿佛用烙铁烙过一样平整——也有人说仿佛用速冻技术处理过一样平整。房间里没有任何的搏斗痕迹和罪犯留下的蛛丝马迹。这样的现场，令县里和市里那些刑警挠头不止。下午，省公安厅的破案专家飞车赶来。他们看了现场，研究了被分成两截的遗体，也感到大惑不解。问题的焦点集中在：刘副书记的血流到哪里去了？罪犯使用什么样的凶器才能干出这样干净利索的活儿？

　　当省、市、县的破案专家绞尽脑汁思索的时候，一个传说，像风一样吹遍了县城的每一个角落，连永安大街上那两处爱民工程，外面用绿色马赛克里边用白色马赛克贴了墙面的公共厕所都没漏过。厕所尿池子上方白色的马赛克墙壁上，有人——也许是鬼——用彩笔写上了三个大字：月光斩。当然，这传说也从县城波及到了乡村，甚至传到了外县、外省、外国。那三个字，每个都有足球般大，字迹稚拙，乍一看颇似顽皮儿童的涂鸦，但仔细研究，又像一个很有书法根基的人在扮嫩。

何为月光斩？人们马上就想到了一部香港拍摄的电视连续剧的名字，剧中有个人物，手持一把寒光闪闪的宝刀，专拣明月皎皎之夜杀人。但传说中的月光斩与这部香港电视剧毫无关系。传说里说——

一九五八年，大炼钢铁的时候，城关公社的一群机关干部，突发奇想，冲到新建的县火葬场，要用那台新安装的化尸炉炼钢。火葬场技术员向这些人解释，说化尸炉跟炼钢炉根本不是一种构造，但那批执拗的干部，任火葬场技术员磨得嘴唇起泡也不动摇。说他们去国营天河洼农场请来两位右派，帮助改造化尸炉。这两位右派，一位名叫任你行，一位名叫令狐退。任你行原是钢铁厂的副总工程师，在苏联留过学，获得过副博士学位。令狐退原是省冶金学校副校长，留德归来的材料学专家。这是两个真正的专家，与当时那拨子建土炉子炼钢的人有天壤之别。如果不划成右派，我们这个小县城用八抬大轿也请不来他们，但成了右派后，一请就把他们请来了。这样两个人，别说是把化尸炉改成炼钢炉，给他们个尿罐，也能改造成可以熔化黄金的坩埚。这个由化尸炉改造成的炼钢炉，炼出了一块纯蓝的钢，就像国王的妃子抱了钢柱而受孕产下来的那块铁一样玄妙。他们往炼钢炉里投进去一百多个破旧的日本钢盔、五十多口铁锅、一万多个从棺材上起出来的铁钉，还有一千多枚罗汉钱，但出钢时只流出不满的一勺钢水。这是真正的金属的精华，七道凌厉的蓝光直冲云霄，有七颗流星沿着蓝光落到钢水勺里，它们在降落时，金光与蓝光剧烈摩擦，放射出刺目的强光，并散发出浓烈得让人昏迷的烧冰的香气——把冰凌放在火上烧，这是我们那里的坏小孩常玩的游戏——我知道这样写有悖物理学原理，但这是传说，姑妄言之姑妄听之。七星落入钢水勺后，正好齐平勺沿。那两个右派中的一个，可能是令狐退，也可能是任你行，亲手端着钢水勺子，浇灌到早就准备好的长条形钢锭模子里。他们准备了一百多个模子，但只灌了半个模子。这块钢——姑称为钢吧——在模子里慢慢冷却了，炼钢炉里的火也熄灭了，只有邻近火葬场的人民医院里那个土高炉还冒着黄色的火苗子。不久，人民医院的土高炉也灭了。此时，天上一轮明月，放射着浅蓝的光辉，那块钢，在模子里放出幽蓝的光芒，令在场的人心中都滋生出了庄严、神圣的感情。至于这块奇异蓝钢的下落，有许多种说法，但每一种说法，都无从调查，因为那些参加过炼钢的人大半作古，活着的人，也只能提供一些含糊的证词。如果沿着这些证词调查，那各式各样的说法就如同太阳的光线一样，射向四面八方，有的变成植物，有的变成气体，有的变成人类无法认识的物质。

但很快又有一个令人振奋的传说出现。

县城东门外，原有个东关村，村里有户铁匠，姓李。李铁匠六十丧妻，三个儿子，陆续成人，都无妻室，跟着父亲打铁为生。父子都是文盲，春节时，请村里一位曾经当过私塾先生的人写对联。那人好谑，提笔写道：

一门四光棍
父子八大锤

横批不合规矩，只有三个字：

硬碰硬

此联大为有名，县城的人都知道。新的传说与这户铁匠有关。

　　说"文化大革命"期间的一个傍晚，铁匠炉封了
火，苞米粥的香气弥漫全室。铁匠们的饭量极大，一个
比笆斗还大的双耳锅吊在铁匠炉上方，锅里的金黄的粥
倒出来足有一桶。兄弟三个围锅站立，每人捧着一个粗
瓷大碗，喝得满室粥响。老铁匠病了，缩在墙角的地铺
上，盖着一张烂羊皮，在那里哆嗦、哼哼。炉里飘游不
定的蓝色火苗不时照亮老铁匠铜色的干巴脸，然后便敛
了，房子又沉入黑暗。心比较细的老三嘴里有粥，含含
糊糊地说：爹，你还是喝一碗吧，人是铁，饭是钢，一
顿不吃饿得慌。老铁匠咳嗽一阵，喘息着问：粮食市上
的苞米，涨到多少钱一斤啦？老大瓮声瓮气地说：管他
多少钱一斤，水涨船高，粮食价涨，咱的工钱也跟着
涨。老二道：这年头，还不知怎么闹腾呢，吃了今日就
别去管明日啦。老铁匠喘息着说：今晚上加班，把"井
冈山"红卫兵那批扎枪头子打出来，收一笔钱准备着，
世道乱了，好往关外逃。三儿子道：你以为关外就不乱
了吗？没听到大喇叭里吆喝？五湖四海一片红啦。爷们
儿正说着，喝着，听着县城里传出来的阵阵呐喊和火车
的凄厉笛声，感受着火车进站时引起的地皮震颤，就有
一个人影轻悄悄地，犹如一匹金钱豹子闪了进来。正好
又有一个罂粟花般大小的蓝色火苗从封住的火炉上飘起

来，悬浮着，久久不逝，照亮了来者。

　　那是一个年约十五六岁的姑娘，身穿一套草绿色的仿制军装，腰里扎着一条奇宽的牛皮腰带，使她的身材显得有几分英武。她头上扎着两根小辫，浓眉大眼，蒜头鼻子，长嘴厚唇，有点儿傻气。当然，她的胳膊上也套着一个红色的袖标。最重要的是，她怀里抱着一个黑色的包裹，看上去十分沉重，不知道里边是什么东西。

　　铁匠兄弟都是正当盛年的光棍，来者虽是一小丫头，但毕竟是女性，所以他们都用热情的眼光上下打量着她。姑娘把怀中的包裹扔在地上，发出沉闷的响声，使地皮都颤抖。你是"井冈山"的吗？老三说，你们那批扎枪明天才能打出来。老二道：回去告诉你们的头头儿，一手交钱，一手交货。老大道：苞米涨价了，煤也涨价了，我们的扎枪头也涨了，每个两块钱。姑娘直起腰，把双手的拇指与食指插进腰带，捋捋衣服，又往下抻抻衣角，挺起胸膛，冷冷地说：我既不是"井冈山"的，也不是"东方红"的，我是"独立大队"。老三笑道：蒙谁呀？县城里根本就没有这么个红卫兵组织。姑娘道：我不跟你们废话，我有块好钢，请你们帮我打一把刀。老三道：什么好钢，拿出来瞧瞧。于是，姑娘蹲在地上，解开地上的包裹。先是一层黑布，继是一层蓝布，然后是一层红布，最后是一层白布。当那层白布解开时，炉子上方那个飘游的火苗像胆怯的小鼠一般，倏地钻进了煤堆。被烟熏火燎得黝黑的铁匠铺子顿时被一种幽蓝的光芒照亮，四面的墙壁和房顶，仿佛都刷了一层明亮的釉彩，焕发出动人的光芒。铁匠兄弟们都忘记了喝粥，捧着碗，张大嘴，眼睛直愣愣地瞪着那块钢。那块钢安静地躺在白布上，仿佛一条远古时代的鱼。女孩伸出一根手指，轻轻地触摸了一下那块钢，然后疾速缩回，仿佛那块钢奇冷，又仿佛那块钢奇热。她用挑战的口吻说：看到了吧？就是这样一块钢。我想请你们打一把刀，样子我也带来了，但不知你们有没有这个本事。她说着，从衣兜里摸出一张折叠成儿童玩的纸炮形状的纸片，展开，举给就近的老三，道：就照着这样子打。老三接过纸片，借着那钢的光，看着纸上的图。那是一把古老样式的刀，刀把是个圆环，刀背弧线流畅，宛如妙龄女子的腰背。刀尖与刀背吻合部形成一个钝角，刀刃线条凸起，犹如鱼的肚腹。这样的刀，倒也不难锻打，老三说着，将纸片递给老二，老二看罢，又递给老大。老大道：不知这位姑娘能出多少加工费？姑娘冷笑一声，道：只要你们能将这块钢，锻打成这样一把刀，加工费嘛，要多少就是多少。老大说道：小姑娘，别说大话，你爹不是银行行长，即便你爹是银行行长那些钱也不是你们家的对不对？告诉你，我打铁三十年了，我爹打铁六十年了，什么样的钢没见过？什么样的铁没砸过？你想用这块抹了一层荧光粉的铁来糊弄我们吗？姑娘冷笑着，一探身夺回纸片，装进衣兜，然后便蹲下，包裹那块蓝钢。这时，一直缩在墙角的老铁匠气喘吁吁地说：姑娘，慢着点包裹。老三，扶我起来，让我见识见识。老三上前，扶起老铁匠，颤颤巍巍地过来，一低头，眼睛里立即生出光彩，脸上的肌肉也猛然紧张起来，仿佛片刻之间变成了另外的一个人。他蹲下，抬头看看姑娘，低头看看蓝钢；抬头，低头；抬，低；然后伸手触了一下蓝钢。然后又触了一下。又触。每一下都像蜻蜓点水。然后，站起来，双手抱拳，作一个长揖，小心翼翼地说：姑娘，儿子们出语无状，多有得罪。我们是些土铁匠，锻打个锨、镢、镰、锄，混碗苞谷粥糊口罢了。这样的宝物，您还是另请高明吧。姑娘叹一口气，说：都说李铁匠家祖上是为康熙大帝打过屠龙宝刀的御用铁匠，原来不过尔尔。说罢，用无比失望的眼光扫视了一遍铁匠父子，蹲下身，包裹起那钢，艰难地抱起，趔趔趄趄向外走去。房子顿时又沉入黑暗，那蓝色火苗浮起，照耀着铁匠父子的脸，犹如四尊尴尬的泥神。姑娘的身影，犹如金钱豹子，即将在门口消失那一刹那，老铁匠用悲凉的声音问：姑娘，你到哪里去？——我把这块钢，扔到南湾里去，让它沉没到游泥中，永远不见天日。——回来，姑娘，老铁匠说，这是我的命，逃是逃不过的。——你决定要征服它了吗？姑娘的身影又如金钱豹子，一闪便回到了铁匠炉旁。她目光里闪烁着惊喜，道：我知道你不会放过它的，一个好铁匠，总是盼望着这样的钢出世，然后，用奇特的方式，使它服从自己的意志，变成一把宝刀。老铁匠脱下身上的破褂子，露出瘦骨嶙峋的胸膛，从水桶里舀起一瓢冷水，咕咕地灌下去，然后一抹嘴，腰板挺直，仿佛年轻了二十岁，或者三十岁，雄赳赳地说：儿子们，生起火来……生起火来啊生起火来……生起火来……

老铁匠的二儿子用铁钩子捅开煤壳，拉动风箱，呱嗒呱嗒，白烟上冲，直冲房顶，火星四蹿，火苗紧接着出现。老铁匠从姑娘怀中接过那包裹，放在屋子正北方向的祖先牌位前，跪地，行三跪九叩之大礼。礼毕，将包裹解开，悲切切地说：列祖列宗，保佑吧！祝毕，将右手中指塞进嘴巴，咬破，在那蓝光的映照下他的血也成了蓝色，滴滴下落到那钢上，先发出丁丁冬冬的声响，仿佛珍珠落到冰上，然后又咬破左手中指，将血滴上去，又发出啦啦的声响，仿佛那钢是灼热的。铁匠的儿子们嗅到了古怪的香气，与那用荷叶包裹着的人血馒头放至灶火里烧烤时的香气颇为接近。血祭完毕，那钢的蓝色浅了，淡了，不似初时坚硬凌厉，增添了些许温柔，与深秋时节的满月光辉有几分相似。然后，也不包扎手指，搬起那钢，如抱着一个十世单传的婴孩，塞进了熊熊的炉火之中。

　　用了比烧透一般钢铁十倍的时间，才将那块蓝钢烧透。当爷儿们用头号大钳把那蓝钢抬到铁砧子上时，铁匠铺里变成了冰一样透明的世界。屋子里的人和物，都仿佛远古时的物体，被凝固在一块浅蓝的琥珀里。此时，只有凝神观察，才能看到那块像鱼一样形状的钢，活泼泼地躺在砧子上，浑身抖动不止，不知是痛苦还是兴奋。老铁匠操着小锤，与其说是打，毋宁说是抚摸了一下那蓝钢。三个如狼似虎的儿子，各操着十八磅的大锤，各打了一锤。接下来，老铁匠的小锤便如鸡啄米一样迅疾地敲打下去，三个儿子手中的大锤，挟带着狂热与激昂，如同奔驰中的烈马之蹄，迅速无比但又节点分明地砸下去。奇怪的是竟然没有声音。往常这父子四人打铁时发出的声响半条街上都能听到，连火车的汽笛声都被盖住，但现在，这锻打，这劳动，剧烈之极，但墙角上蟋蟀的鸣叫都声声入耳，让人感觉到深秋之悲凉，生命之短暂。那个小姑娘呢？那个姑娘缩在墙角里，双手捧着腮，眯缝着眼睛，犹如饱食后蹲在大树上休息的金钱豹子。奇怪的是如此猛烈的锻打，竟然没有半点的火星溅出，往常这父子四人打铁时，火星四溅，碰到墙壁反弹回来，发出扑簌簌的声响，远远看过来，宛如礼花绽放。

这样的锻打持续了足有半个时辰。三个儿子身上热气腾腾，犹如三根刚从油锅里夹出来的油条，但那老铁匠，却连一滴汗珠都没流。老铁匠手中的小锤慢了下来，儿子们手中的大锤跟着慢下来。小锤更慢了，东一下，西一下，宛如一只吃饱了的鸡，在米堆里拣虫吃。老铁匠歪着头，眯着眼，神情和姿态都与一只黑色的老公鸡相似。更慢了。当当，小锤声；喤喤，大锤声。当，喤，当，喤。小锤扔在地上，站立着，柄儿摇晃，终于静止。三个儿子如同三株朽木，瘫倒在地上，只有老铁匠还站着。炉子里的火半明半暗，蓝色的火苗柔软无力，犹如微风中的丝绸。老铁匠头顶光秃，嘴角下垂，脖子上老皮垂挂，仿佛老了二十岁，或者三十岁。他勉强站着，用目光招呼着那个小姑娘。小姑娘畏畏缩缩地走到铁砧子前，先看了一眼老铁匠，然后低头看砧子。她又抬起头看老铁匠，满脸疑惑。无怪她疑惑，因为那砧子上似乎什么都没有，好像那块奇异的蓝钢，被铁匠父子们打成了空气，或者打成了光，涂抹到这房间里的所有物体上，连人的皮肤上、头发上、眼睫毛上，都涂抹的有。老铁匠眼睛半睁着，可见疲劳已使他的眼皮没了力气，声音细弱，如同蚊虫哼哼，非侧耳屏气难以听到。但姑娘分明是听到了。她把右手中指塞进嘴巴，一口咬破，血珠滴落，举到砧子上。一股碧绿的烟雾腾起，房子里溢散开用灶火烧烤用荷叶包裹着的用人血蘸过的馒头的气味。与此同时，那把刀的形状便在砧子上渐渐地显现出来。大约有一米长，最宽处约有二十厘米，完全符合那张纸片上的形状。她又将左手的中指咬破，血珠滴落，举到刀上，丁丁冬冬，如同珍珠落在冰上。与此同时，那刀的形状又渐渐朦胧了，犹如雾里看花，水中望月，隔着玻璃看沐浴的美人。

你把它拿走吧。说完这句话，老铁匠往后便倒，随即停止了呼吸。

你把它拿走吧。说完这句话，老铁匠的大儿子随即停止了呼吸。

你把它拿走吧。说完这句话，老铁匠的二儿子随即停止了呼吸。

你把它拿走吧。老铁匠的小儿子说。

姑娘抓起那把刀，犹如捏着一段月光，对铁匠的小儿子说：你跟我一起走。

这两个年轻人，女的提着刀，男的空着手，走出铁匠铺子，走上街道，走出东关村，进入原野，消逝在蓝色的月光中。

这把刀的名字叫"月光斩"。

只有用"月光斩"砍人首级，才能滴血不出，才能断口如熨过的"的确良"布料一样平滑。

但不久又有一个传说出来，传说说：身首分离的刘副书记，其实是一个塑料模特，不知道是哪个恶作剧的家伙，或者是哪个被刘副书记扇过耳光的坏蛋，制造了这样一出闹剧。尽管是闹剧，但造成了极为恶劣的政治影响，对刘书记的名誉也有毁灭性的伤害，而且还造成了难以估量的经济损失，那么多的警车，那么多的警察、武警，那么多的官员，都投入到破案中去，车辆磨损、汽油耗费、工资、差旅费……嗨！

为了挽回影响，县委、县政府在人民广场举行篝火晚会，庆祝中秋佳节，电视台直播。人们从电视里看到，刘副书记先讲话、后唱京戏，又与女青年跳舞。无论是讲话、唱戏还是跳舞，他的脸上都带着微笑，非常有亲和力，非常平静，仿佛什么事情都没有发生过。

　　看完了附件，我给表弟回复邮件：表弟如晤，久未通信，十分想念。姑姑好吗？姑夫好吗？建国表哥好吗？青青表妹好吗？你在县城工作，要经常回老家看看，姑姑姑夫年纪大了，多多保重。你若回去，一定代我去眉间尺的坟前烧两箔纸钱。遇见韦小宝的后人，一定要礼貌周全——宁得罪君子，不得罪小人，这是古训，不可违背。一转眼间你也快三十岁了，婚姻问题要赶紧解决，天涯何处无芳草？不必死缠着小龙女不放，我看那个还珠格格就不错，野是野了点，但毕竟是金枝玉叶，跟她成了亲，对你的仕途大为有利，赶快定下来，万勿二心不定，是为至嘱。

（二○○四年）

普　通　话

一

在我们柿子沟，普通话，也叫官话。讲官话的人，受到尊重，因为那些人都是外地来的干部。他们，或者她们，衣衫整齐，面皮清净，牙齿洁白，身上散发着肥皂的清香。这样的人，一开口，官话响亮而标准，显示着身份和地位，向我们这个闭塞的山村，传达着来自山外边广大世界的精彩和繁华，听他们或者是她们说话，对我们来说，是一种享受。在我们的记忆里，第一次在我们村子讲官话的人，是"四清"工作组的组员。他们当中，有两个年轻的，是地区师范学校的学生。其中那个男的，名叫傅春花。一个男人，竟然叫傅春花，真是哈哈哈。村子里的人，都叫他小傅。小傅个头矮小，两扇大耳朵，往两边张开，头上的发，乱糟糟地支棱着，像一把用旧了的猪鬃刷子。尽管小傅其貌不扬，但只要他站在人前一开口，无论是讲话，还是宣读文件，都会让我们马上忘记他的面貌。他嗓门洪亮，官话标准，抑扬顿挫，眉飞色舞，很有感染力。在我们的感觉里，讲着官话的他，身体渐渐升高，眉目慢慢端正，一个外表上不那么庄重的人，变得让我们肃然起敬。那个女的，名叫王奇志，一个女人，竟然叫王奇志，也比较哈哈哈。村子里的人，都叫她小王。小王剪着短发，戴着眼镜，文质彬彬，看上去很洋气，但她嗓音尖细，官话不标准，使她的容貌，在讲话的过程中，渐变渐土，土得跟村子里那些在大庭广众面前就掀开衣襟给孩子喂奶的大嫂们没有太大的区别。那个时候，我们和解小扁一样，都是村子里小学的学生。我们忘不了听傅春花讲话或是念文件时，解小扁仰起的脸上洋溢着的心醉神迷的表情。

　　村子里的人，对外边来的讲官话人满怀敬意，但对于自己村子里那些学着说官话的人，却极端鄙视。有一个笑话，我们很小的时候就听说过：一个人，闯外，几年后，回家探亲。走到村头，看到本家一个大伯在荞麦地里锄草，便上前问讯，装模作样，撇腔拿调。他的大伯，心中厌恶，但毕竟只是个远房的侄子，不好说难听的话。那小子，不知好歹，竟然拔出一棵荞麦，撇着腔问："大伯哇，这红梗绿叶开白花结黑果的是什么植物啊？"他大伯怒火中烧，忍无可忍，不管三七二十一，上前去，将那人按在地上，手攥鞋底，对准屁股，一顿猛抽，打得那人，大声喊叫："救命啊，救命啊，荞麦地里打死人啦！"

　　有很多类似的故事，在村子里流传，表明村子里人，对那些出去一年半载就改变了乡音的人的鄙视和反感。官话是好，但那是你说的吗？你才喝了几天自来水，就忘记了家乡话。真的忘记了吗？如果是少小离家，几十年未归，刚回来，一时顺不过嘴来，带出几句官话，那还可以原谅。可你才出去几天，就回来撇，这不明摆着是在卖弄吗？好像不这样说话，别人就不知道你在外边混事似的。其实也没混上什么好事嘛，不过是在煤矿挖煤，早上下了矿，晚上还不一定能囫囵着爬上来，臭摆什么？其实也没混上什么好事嘛，如果你当上了县长、省长，回来撇，那也是应该，但你不过是个在肉联厂杀猪的工人，两手猪血，一身猪屎，撇什么？难道城里的猪也说官话？那城里的猪，不也是乡下人饲养的吗？其实，真正在外边闯好了闯大了的人，反倒不显山不露水，不会像他那样，一身骨头，比鸡毛还轻，一脸傲相，连亲爹都快不认识了。你看看他那小样，留着大背头，抹了足有二两头油，明光光地亮，贼溜溜地滑，花蝇落上去都站不住脚，臭虫爬上去要摔跟斗，扑鼻子的味儿，连拉磨的毛驴，都被他熏得打喷嚏。看看他说起话来那副尊容，两片嘴唇，一抻一咧，一歪一拧，仿佛不是他的嘴上原来就有的，而是后来缝上的两块胶皮。呸！你当官了，多大的官？不就是水嘴子公社的一个民政助理吗？不就是沙口子供销社的一个门市部主任吗？你的官难道比毛泽东和周恩来还大？人家毛泽东和周恩来都是满嘴的家乡话，一句官话都不说，你他娘的说什么官话？啊——呸！

二

上个世纪七十年代，有一个短暂的时期，大学和中专招生，恢复了考试制度。解小扁复习了三个月，竟然考上了地区师范学校。我们这个偏僻的小山村，考出去一个中专生，如同鸡窝里飞出了凤凰，当时就轰动了。

"知道吗？解小扁考上中专了！"

"说梦话吧？"

"真的，通知书下来了，大红封皮，盖着钢印！"

鸡被惊吓，咯咯叫唤着飞到篱笆墙上。

"解老扁的老闺女考上中专了！"

"骗谁啊？"

"真的，骗你干什么？许多人都去贺喜了，老扁买了一条大前门香烟，两斤水果糖。"

"走啊，去抽烟吃糖啦！"

狗被冲撞，狂叫不止。

春天里，小扁复习功课准备参加考试时，村子里的民办教师高大有轻蔑地说：

"就她？她如果能考上中专，陈国忠也能到省里去参加长跑比赛。"

小扁考中后，高大有改了口："小扁是我教出来的学生，脑瓜子聪明，再加上勤奋，哪有考不中的？"

村子里有一个初级小学，从一年级到三年级。教室只有一间，教师只有高大有一个。上完三年级，如果想继续上，那就要跑十五里山路，到公社驻地新民屯，那里有一所完全小学，还有一所农业中学。我们读完了小学就回家种地，只有小扁和村支部书记的儿子宝田，读完了农业中学。宝田在村子里当了会计，天天蹲在办公室里，风吹不着雨淋不着。小扁呢，跟我们一样，天天下地。曾经有人捎话给小扁的爹，说书记看中了小扁，只要小扁愿意给宝田做媳妇，就安排她去县卫生学校学习，学成后回来当赤脚医生，也是风吹不着雨打不着，每月还有三元钱的补助。听说小扁的爹娘都动了心，但小扁不乐意。我们都觉得小扁有志气，心中敬佩，但同时又感到她一个中学生天天跟泥巴牛粪打交道很可惜。现在好了，小扁考中了，户口也要迁走，成了国家人，吃上国库粮，一步登天，宝田显然是配不上小扁了。小扁未来的丈夫，肯定也是个吃国库粮的，他们的孩子生出来就是吃国库粮的。村里许多人，感叹不已：

"这个小扁，年纪不大，心中真是有主见，要是当初答应了宝田，这辈子也就难走出这个穷山沟了。"

三

小扁去上学那天，村子里许多人到河边送行。河里原本有座小木桥，因为连续几天暴雨，山洪暴发，冲垮了。小扁的爹招呼了几个人，用四根木头绑了一个框子，框子中间，安上一个大笸箩，笸箩里蒙上了两层塑料布。四根木头上，拴上了八个大葫芦。我们自告奋勇，要下水护送小扁。小扁的爹，知道我们都是好水性，就答应了。

小扁在一群人的簇拥下来到河边。宝田替她背着行李，紧跟在她的身后。她自己手里提着一个网兜。网兜里装着一个搪瓷脸盆，一双布鞋，还有牙缸牙刷什么的。那天她穿着一件洗得发了白的蓝咔叽布褂子，花衬衫的领子翻出来。她扎着两根短辫子，头发茂盛，很粗，像马鬃一样。裤子的布料跟褂子一样，膝盖上补上了两个对称的大补丁，用缝纫机补的，扎着一圈圈的绗纹。她的脸是那种山里姑娘的健康颜色，黑油油的红。牙很白。我们都知道她刷牙。每天早晨，我们到河边去挑水，就看到她蹲在河边的踏石上刷牙。她家住在河边高崖上，三间石墙瓦屋，房前房后有十几棵柿子树，还有一蓬蓬的野酸枣。有时候我们还能听到她娘喊叫："小扁，来家吃饭了。"她是老闺女，很娇惯的，尽管在外边干活很泼，但家里的活儿从来不干。她家烟囱里冒着白色的炊烟，喜鹊在她家柿子树上喳喳叫，懂风水的人说她家风水很好。从她嘴角上滴沥下来的牙膏沫子随着湍急而清澈的河水流淌到很远的地方，还散发着浓浓的水果香气。我们知道她使用的牙膏牌子是"万里香"，水果香型。

小扁站在河边，与众人告别。高大有从口袋里摸出一支钢笔，说：

"小扁，这是我使用了十几年的钢笔，金星牌的，笔尖是铱金的，送给你，做个纪念吧。"

"谢谢高老师。"小扁说。

宝田从怀里摸出一个红塑料皮的笔记本，递给小扁，红着脸说：

"小扁，祝你学习进步。"

"你自己留着用吧……"小扁说。

"噢，小扁不好意思了！"有人起哄。

"那就谢谢了。"小扁说，"祝你明年考上大学。"

"我不行，"宝田说，"学校里学那点知识，早就忘光了。"

"复习一下嘛，"小扁说，"我让我娘把我用过的复习资料送给你。"

"谢谢，但我真的不行，一看书，脑子里就嗡嗡地响。"宝田说。

这时，有人骑着一匹骡子从山路上跑过来。骡背上的人，身体耸动着，大声喊叫："小扁呢？过河了吗？"

"是我爹。"宝田悄声对小扁说，"他说不来了，怎么又来了。"

众人看清了，骑骡的人是书记，村子里最大的官，唧唧喳喳的说话声顿时止住。到了人群前面，书记从骡子上跳下来，目光扫了一圈，最后定在小扁脸上，说："小扁，本来不打算送你了，一想，你是咱们柿子沟第一个考上中专的，得送。了不起，全公社就考中两个，你是其中一个。我在公社开会，连郭书记都向我贺喜呢。"

"书记，您大忙忙的，还专门赶回来，真让俺家感动。"解老扁说。

"我高兴啊，"书记说，"我可不像外村的干部那样，千方百计地卡着村子里的年轻人，不让他们出去闯世界。我巴望着年轻人都出去，去上大学，上中专，去当兵，去当工人，去当官，柿子沟要能出一个省长，我们不都跟着沾光吗？"书记瞪了我们一眼，说，"龇什么牙？你们要向小扁学呢，闲着没事的时候，动动脑子。"

"我们也想动脑子，但我们的脑子生了锈，转不动了。"

"看你们嬉皮笑脸的样子，一点正经没有，改天我得给你们上一堂政治课。"书记不理我们了，转过头，说，"老扁，我赶王屋集给村里买了一头骡子，托小扁的福气，真是顺利，"书记说，"老扁，你是行家，上前看看，这头骡子怎么样？"

众人的目光齐刷刷地落在骡子身上。可真是一匹好骡子，严肃，庄重，桃木红色，额头上缀着一簇红缨，两只大眼，长睫毛忽闪忽闪的，仿佛一个大姑娘初见生人，有点羞怯。

老扁围着骡子转了一圈，从书记手中接过缰绳，把骡子头颅往上提起，扒开嘴巴看看牙口。

"齐口。"书记说。

"很嫩的齐口，"老扁拉着骡子走了几步，弯腰看看蹄腿，说，"好牲口，起码还能使唤十五年。"

"你猜猜什么价？"书记问。

老扁将手伸向书记的袖筒，书记甩手道："不用这老一套，你就说吧。"

"最低也得这个数，"老扁伸出一根指头，"一千块，破不开的。"

"你再猜，往下猜。"

"九百八，不能再低了。"

"再往下猜？"

"九百？"

"八百！"书记哈哈大笑着。

"怎么会这么便宜？"

"要不我说是小扁带来的好运气呢？"书记得意地说，"是山那边解放军农场的牲口，人家换成拖拉机了，便宜处理。幸亏我去得早，晚一步，就被山口村老巴那个狗日的牵走了。"

乡民们脸上都出现了喜色，围拢上来，看这匹军骡。

"看，烙着印记呢。货真价实的军骡。毛主席说，全国人民要向解放军学习，全国的骡子，要向解放军的骡子学习。"书记哈哈大笑，众人也跟着笑。

书记摸着骡子臀部的烙印，说：

"老扁，咱们村，风水动弹了！考出去一个洋学生，买回来一匹大牲口，这就叫双喜临门！你从前给地主当长工时侍弄过骡马，这活儿，就得你干了。"

大家都用羡慕的眼光看着老扁。老扁满脸红光，嘴唇光哆嗦，但说不出话来。

书记将骡子交给老扁，自己走到小扁面前，目光上下，从头到脚，把她看了几遍，点点头，说："小扁，到了外边，你只管一门心思学习，家里的事，根本不用操心。我早就看出来了，你是有心劲的，会有大出息。好了，时候不早了，过河吧。"

"谢谢书记，我会努力的。"小扁说。

"你们这几个讨债鬼，有把握吗？"书记看看我们四个，问。

我们激昂地回答："书记放心，我们用手也能把小扁抬举过去。何况还有这绑了八个葫芦的筏子。"

书记走到河边，弯下腰，仔细地检查了我们的筏子，说："行啊，那就开始吧。"

我们脱去衣裳鞋子，每人身上，只余一条大裤衩子。毕竟到了秋天，阳光尽管很亮堂，但河中泛起来的水气，凉飕飕的。我们试试探探地下到水里，不由自主地哆嗦起来。

"你们先上来，"书记招呼了我们，然后回头吩咐儿子，"宝田，回家拿瓶烧酒来。"

"书记，哪还好意思让您家破费？"老扁慌忙说，"我家里有酒，她娘，快回去拿烧酒。"

"你糊涂了吗？家里哪有烧酒？"小扁的娘为难地说。

老扁瞪了老婆一眼，说："死性，你不会去代销店买？"

老扁的老婆还想说什么，书记说："算了，老嫂子，一瓶酒，算什么？宝田，快点跑，年轻轻的，腿肚子怎么像灌了铅似的？沉得拖不动。"

"书记，您说我吗？"陈国忠从河滩上的杨树林子里，摇摇摆摆地走过来，身后，跟着一条大黄狗，威武凶猛，有狮子相。

"我哪里敢说你？"书记笑着说，"您现在可是不得了，既是护林员，管着全村的树，又是管理学校的专职代表，管着全体学生和老师。我可不敢得罪你。"

"我这些职务，还不都是书记您从口袋里摸出来的？"陈国忠说，"不过，我可是尽职尽责，白天管理学校，夜晚在树林子里巡逻。"他指指那些树林，"您看看这些树，被我护的，都像大闺女一样滋润。"说着，到了河边，先看看小扁，眼睛像锥子，高声说，"行，有志气，有出息！解老扁能养出你这样一个闺女，真是个奇迹！"然后又看着老扁，说，"老扁，听说光大前门烟就散了两条？就没想着给咱留两根？你可别拿着豆包不当干粮，连书记都敬我三分呢！"

"哪里止三分？"书记笑着说，"敬你十分呢。"

老扁嘿嘿地笑着，慌忙从口袋里摸出一盒皱皱巴巴的烟，刚想往外抽，陈国忠一把夺过去，大咧咧地说：

"这么小气干啥？闺女都考上中专了，过两年，大把的工资，给你往回挣，你就等着吃香的喝辣的吧。"

陈国忠得过小儿麻痹症，走路摇摇摆摆，脚尖在地上划道道。村里小孩调皮，跟在背后学他走路的样子。那条跟他形影不离名叫小花的大黄狗一旦发现这种情况，就箭一般扑上去，在那些仓皇逃窜的孩子屁股上或是腿肚子上咬一口，然后回来，对着主人摇尾巴。被咬了的孩子，回家也不敢说。家长知道了，也不敢去找他。他是残疾人，光棍一条，怕谁？他家成分好，上溯三代，都是赤贫，怕谁？他原来是专职护林员，兴起来贫下中农管理学校后，上边要村里派一个贫农代表脱产驻校，村里舍不得拿出一个劳力来，就让他兼任驻校代表。管理学校，总得找点事做。他从高大有床头上，把那个马蹄表拿来，挂在自己腰带上。他说，我是贫农，腰带上挂着表，这就叫贫农带（代）表。掌握时间，负责敲钟。上课钟："喤喤喤喤喤喤……"下课钟："喤喤——喤喤——喤喤——"他敲钟，学生们都爱听。高大有很反感他，但也没有办法。贫农带（代）表，最高领导，毛主席给他的权威，何况，把钟敲得这样好。

宝田提着酒跑来，书记接过酒瓶子，摇摇，举到高处，对着太阳看。瓶子里泛起无数的小泡泡，浮浮悠悠。"这可是正儿八经的高粱烧。"书记说着，歪嘴，咬开瓶盖，仰起脖子，喝了一口，"味道真是不错！"笑着对陈国忠说，"陈大代表，这瓶酒本来是给你留的，但今天，就先给这些小伙子喝了吧，他们要下水，冰了腿，落下残疾，村子里两个好差事，都被你占了，无法安排对不对？"

"知道您绕着圈子骂我呢，"陈国忠说，"反正大家伙都听着了，您亲口说的，欠着我一瓶酒。"

"来吧，年轻人，每人喝几口，再用酒搓搓肚脐。"书记说。

我们接过酒瓶，轮流着，喝了一圈，又喝了一圈，然后又是一圈。真是好酒，喝到肚里，浑身发热。三圈轮过，下去了大半瓶。书记抢回酒瓶，说：

"你们八辈子没捞到酒喝了吧？酒鬼。"

书记让我们把双手张开，往我们手里各倒了一些酒，命令我们往肚脐上搓。书记说："人受寒，凉气都是从肚脐里进去的，只要用酒搓了肚脐，在冰水里泡一上午也不会有事的，这个，我有经验，当年，给解放军运送军粮，冰天雪地——算了，不说了，你们下河吧。"

宝田扶持着小扁坐进笸箩。为了保险，她把铺盖卷儿放在怀里抱着。我们两个在前，两个在后，前面的拉，后边的推，将筏子弄进河水。水流湍急，筏子飞快地往下游漂去。我们手扶着葫芦，顺着劲儿，将筏子往河道中央送。"回去吧！"小扁对着河边的人招着手，喊叫。许多人，沿着河边，踩着碎石和淤泥，往前跑动。小扁的娘，在最后边，吃力地挪动着小脚，摇摇摆摆地跑，一边跑，一边举起衣袖擦眼睛。

筏子进了中流，许多从上游冲下来的庄稼秸秆，有玉米，有棉花，还有一些纠缠成团的红薯蔓儿，从我们身边漂过去。我们格外小心，生怕河水溅入笸箩。小扁一手揽着铺盖，一手紧紧地抓着笸箩的边缘，看样子有些紧张。我们说："小扁，别怕。"小扁说："有你们，我怕什么？"就这样渡过了中流。就这样到了对岸。我们把筏子拖到河滩上，两个人先把她的行李拿上来，两个人扶持着她下筏子。小扁感动地说：

"老同学们，辛苦了。"

"应该的，应该的。"

我们抬着筏子，往上游走。走到了与小扁家的房子遥遥相对的地方，看到对岸许多人往这边招手。有人大声喊叫："小扁——小扁——"

似乎是宝田的声音。

"回去吧——回去吧——"小扁招着手喊叫。

我们停下脚步，说：

"小扁，再见。"

小扁背着行李上了路，说："也许，我毕了业，就回村来教书呢。"

"你可千万不要回来。"我们说。

四

小扁临近毕业时，兴起了"社来社去"，说是新生事物，和"资产阶级法权"彻底决裂。有一些大学和中专生，毕业后主动放弃吃商品粮的机会，回原籍当农民，挣工分吃饭。觉悟不高的，还是等着国家分配，拿工资，吃商品粮。小扁觉悟高，选择了回乡。我们听到这个消息，连连顿牙，替她惋惜，如果是自己的妹妹，就抽她两个大耳刮子，可她不是我们的妹妹，抽不得。这个小扁，是不是脑子出了毛病？许多人，包括我们，做梦都想着逃出这山沟旮旯，可她好不容易逃出去，竟然又自愿回来了。光荣是光荣，报纸上宣传过，大喇叭里吆喝过，回来的时候，公社的吉普车送到桥头。公社教育组长，将一朵纸扎的大红花，戴在她的胸前。我们村书记，带着一个吹唢呐的，一个吹笙的，一个敲锣的，列队在桥头上迎接。吹奏着当时最流行的抒情歌曲《见到你们总觉得格外亲》，怀念亲人解放军的。我们村对解放军感情深，解放军卖给我们那匹退役骡子，又温顺又能干，大人小孩都喜欢。即便是这样的好曲子，被唢呐一吹，呜呜咽咽的，走了调，再加上那破锣声声，不是喜庆味儿，倒像是我们想象中的，古代处斩犯人时的伴奏。

安排小扁到村子里初级小学教书。学校基本上还是老样子，一间教室，二十多个学生，分三个班级。老师还是高大有一人，小扁来了，变成了两个。陈国忠还在履行着贫下中农管理学校的职责，贫农带（代）表，负责打钟，带着他的狗。狗有点老了，喜欢趴在学校窗前睡觉。

小扁走马上任第一课，是件大事。教室爆满，连那些平日里三天打鱼两天晒网的捣蛋鬼也来了。书记来了。宝田来了。宝田新近纳了新，当着会计，还兼任着团支部书记，人称"小书记"。学生家长也来了。小扁的爹娘也来了。教室里根本盛不下，就挤在门口。我们趴在窗外，从窗户棂子空隙往里张望。陈国忠满脸红光，嘴巴里散着酒气，摇摇晃晃，在教室前面的空场上转圈子，两条腿，左撇右拖，脚尖划地，留下了数不清的道道。大黄狗跟在他身后，低垂着头，看上去是在勉力支撑。他转悠着，不时地把挂在腰带上的马蹄表拿起来观看。有人说："陈瘸子，敲钟吧！""呸！"陈国忠对着那人啐了一口唾沫，狗也有气无力地叫了三声，说，"还差三分钟！汪，汪，汪。"

陈国忠站在钟下，背靠着吊钟的松木杆子，稳定住身体，左手托着马蹄表，右手扯着钟绳，眼睛死盯着表盘，秒针的跑动声，似乎用大剪刀铰纸壳子，喀嚓喀嚓响。突然，表声听不见了，小河流水的哗哗声和黄鹂鸟披肝沥胆般的啼叫声从学校后边涌过来，像浪潮似的。黄鹂在果实累累的柿子树上鸣叫，像一块黄玉，镶嵌在层层叠叠的墨绿中。从教室旁边那两间新盖起来的小屋里，高大有在前，解小扁在后，相跟着走出来。相跟着走过来。高大有，头发花白，脸盘很大，但没有肉，高耸的颧骨和巨大的下颚骨，构成一个野蛮的方形。我们对他不感兴趣，我们感兴趣的是解小扁。解小扁，瓜子脸，杏子眼，糯米牙，菱角嘴，长睫毛，黑眉毛，马鬃发，变了发型，过去是两条短辫子，现在是一个偏分头，像个俊俏的小伙子。碎花红衬衣的下摆扎在黑裙子的腰里。脚上是白袜子，白色塑料凉鞋。她虽然和我们一样挣工分吃饭，但她已经不是和我们一样的人了。她跟着高大有往教室里走，神色很严肃。就在她的身体即将踏进教室门槛那一刹那，陈国忠拉动钟绳："噹噹噹噹噹噹……"

钟声让我们联想到：太上老君急急如律令。

高大有站在讲台正中，开始讲话。小扁站在一边，侧耳恭听。我们原以为高大有讲那么三句五句的就该退到一边，让在山外受过高级教育、见过大世面的小扁开讲。谁知道，这老杂毛，滔滔不绝，从他二十年前教扫盲班开始，一桩桩，一件件，陈谷子，烂芝麻，没完没了，老母猪忘不了万年的糠，为自己摆功劳，说村子里的人，凡是认字的，都是他的学生，书记是他的学生，会计是他的学生，保管员也是他的学生，记工员也是他的学生。还说如果没有他，这个村子，就是一个文盲村。接着说他怎样艰苦，夜里借着月光批改作业。又说他待遇怎么低，挣的工分还不如陈国忠多。陈国忠在窗外低声骂："孙子，跟我攀比？我家三代赤贫，你家是老中农，解放前家里养着一头大黑牛，农忙时还雇过短工，土改时没把你家划成富农，已经便宜了你，如果把你家划成富农，孙子，你还教书，教个大鸡巴去吧！"

高大有听不到陈国忠的话，只管随着自己的意愿讲，仿佛要借着这个机会，把积攒了二十年的苦水，一股脑儿的，全部倒出来。大家都厌烦了，孩子们抓耳挠腮，大人们，有的咳嗽，有的打哈欠。我们是来听小扁讲第一课的，谁愿意听你啰嗦？但高大有继续讲，两个嘴角上，各有一朵白沫。讲话时嘴角上带着白沫的人，都是废话篓子。高大有就是天下第一的废话篓子。当年我们跟着他学字时，烦他啰嗦，偷偷地给他起过一个外号，叫做"高大角猪"。官话里的"公猪"或是"种猪"，在我们的土话里，就是"角猪"，为什么把高大有叫做叫高大角猪呢？难道他给母猪配种吗？难道有许多小猪是他的孩子吗？不，他不跟母猪交配，也没有小猪是他的孩子，我们只是看到，村子里那头角猪在交配时，嘴角上冒着白沫。高大有知道我们给他起了这样一个外号，气得蹦高，拧我们的耳朵，揪我们的鼻子，扯我们的嘴巴，掐我们的脖子，撕我们的头发，那些日子里，我们受的不是人罪。听听，他还在那里啰嗦，众人都歪过头去看书记。书记笑眯眯的，不动声色。书记真是有涵养，要不也当不了书记。"小书记"耐不住了，手指着高大有，喊："哎哎哎！"高大有这才说："同学们，从今天起，我们来了一个新老师，解小扁，解老师，八年前，她也是我的学生。尽管她师范毕业，但跟我一样，也是挣工分的，现在，请她给大家讲课。"

高大有很不情愿地退到一侧，小扁站在讲台正中，用字正腔圆、非常标准的官话说："同学们，从今天起，我用普通话讲课，你们也要用普通话回答我的问题……"

小扁的话刚刚开头，陈国忠在我们身后，把铁钟敲响："喤喤——喤喤——喤喤——"他一脸无奈，仿佛告诉我们，时间到了，该下课了，贫农带（代）表，铁面无私。

五

小扁推广普通话，搞得轰轰烈烈。村子里几乎每个角落，都能听到孩子们用幼稚的嗓子，喊叫普通话。孩子们都喜欢小扁，并不仅仅是因为小扁漂亮。有一个女人问自己的儿子："俺问你红卫，你们那个解老师教得好不好？"红卫把流出来的鼻涕猛地吸进去，大声说："不是'横'卫，是'红'卫，不是解老'斯'，是解老'师'！"那女人说："啊呀，嗵鼻涕的孩子，也撇起来了！解老师教得好吗？""好！""是高老师好，还是解老师好？""解老师好。""解老师哪里好？""解老师会讲普通话。""还有呢？""解老师身上有股好味。""什么味儿？""反正是好味儿。""你们解老师撇腔拿调，听着让人牙碜呢。"　"是'人'不是'银'，是

'磣'不是'涤'！"红卫怒冲冲地纠正着母亲的错误。"哎哟，'荞麦地里打死人啦！'"女人大声说。"是'麦'不是'妹'！"红卫说。

小扁对我们说："其实，我们柿子沟的口音，与普通话很接近。我们把 r 混到了 y 里，我们把 sh 混到了 s 里，我们把 zh 混到了 z 里，我们把 ong 混到了 eng 和 ing 里，只要把这些音纠正过来，再把调值读准，我们的话，就基本上是普通话了。"

小扁对我们说这些，无疑是对牛弹琴。我们哪里还顾得上这个，再说，老大不小的了，再撒腔拿调，怎么好意思开口？最主要的是，说一口标准的普通话，又有什么用处？但我们也承认，小扁说普通话时，的确是神采飞扬，格外美丽。小扁曾经想让我们跟着她学说普通话，我们都笑。我们说，小扁，不是我们不想学，主要是我们上了年纪，舌头硬了，学不会了，再说，生产队里的牛和毛驴，听不懂普通话，如果我们学会了普通话，就无法使唤它们了。小扁也笑了，说，自然是用无可挑剔的普通话："各位老同学，我跟你们不隔心。我知道'荞麦地里打死人'的故事，知道我推广普通话会让人嘲笑，阻力很大。但这是我的志愿。我之所以决定'社来社去'，就是想回来推广普通话，让我们村的人，将来走出山沟时，不再被人笑话。我刚到学校，一句普通话也不会，一开口，那些城里来的同学就捂着嘴笑，纷纷地学我说话的腔调，背地里说我，一开口就是一股山药蛋子味儿。我立志要学会普通话，买了一个半导体收音机，跟着中央广播电台的播音员，偷偷地学。半年后，学校里举办文艺活动，我上去朗诵诗歌，普通话非常标准。从此，同学们都对我格外尊重。我体会到，普通话，不仅仅是说话的腔调，还是人的身份和尊严！我要用普通话，改造我们的村子！"

听了小扁的话，我们不敢笑了。我们感到这的确是一件很严肃的事情。我们接着一起回忆了当年听四清工作组的那个傅春花用普通话演讲、宣读文件时带给我们的神圣感受，知道小扁正在干着的，也许是一件对于我们的村子具有重大意义的事情。

小扁推广普通话，高大有最反对，在街上，见了人，说不上两句话，就把话头引到这件事上："瞧她那个浪狂劲儿，出去喝了两天自来水，忘了自己姓什么了。她那叫普通话？那叫溲臭蒜！真是祸害人，我每天都要跑到河里去，洗两次耳朵……"

我们知道，高大有反对小扁，是嫉妒心理作怪。学生们都喜欢小扁。小扁上课，教室里一片欢声笑语。轮到他上课，学生们不是打盹就是捣乱。还有，小扁的工分，比他高。他找到书记，质问："小扁才教了几天书？我教了二十多年，凭什么她的工分比我高？"书记不冷不热地说："小扁的工分，村里说了不算，是公社里定的，你不服，就到公社去反映。"他到公社教育组去反映，教育组的人说："人家是中专学历，文件规定，拿最高劳力工分。"教育组的人还说："老高，解小扁是公社里树立的典型，她用普通话教学的事迹，已经报到县里，县里很重视，很可能要向全县学校推广，你跟她攀比，不是自找霉气吗？"气得他，跑到供销社饭店里，喝了半斤白酒，醉了，一路叫骂，见了鸡骂鸡，见了狗骂狗。认识他的人都说：高大有疯了。我们也认为高大有疯了。他去找书记，明摆着是"扒着眼照镜子——自找难看"。他也不想想，书记的儿子宝田，刚纳了新的党员，会计兼着团支部书记，高头大马，仪表堂堂，对小扁早就有意，虽然前些年小扁拒绝过他，但这几年，来往不断，小扁如果不还乡挣工分，这事儿自然也就黄了，但如今小扁回了乡，这事儿，如果不成，就是奇了怪。

深秋时节，小扁推广普通话的运动，掀起了高潮。村子里的墙上，写满了拼音字母和字，旁边还画着图画。到了晚上，一群孩子，在她的带领下，拿着白铁皮卷成的喇叭筒子，走街串巷，大声喊叫：

是"人"不是"银"，是"肉"不是"右"。

是"师"不是"斯"，是"割"不是"嘎"。

是"猪"不是"驹"，是"牛"不是"游"。

是"龙"不是"灵"，是"熊"不是"行"。

是"日"不是"义"，是"国"不是"鬼"。

是"灯"不是"冬"，是"软"不是"远"。

是"耕"不是"京"，是"药"不是"月"。

是"然"不是"严"，是"荣"不是"赢"。

……

六

村里有五百多棵集体所有的柿子树，采摘下来的柿子，集中到场院里，像一座小山。那时候我们柿子沟交通不便，柿子运不出去，不值钱，分配给社员，十斤柿子，抵一斤口粮。大多数柿子，晒了柿饼，少数的，塞进麦穰垛里烘着，去了涩味儿，寒冬腊月里，摸出一个来，放在井水里拔拔，嗑一口，透心儿凉。社员们拿着

篓子、麻袋，排着队，等候分配。保管员司磅，宝田
看账。

分柿子那天，正是个星期日。刮着秋风，天色鲜
蓝。抬头往山沟里看，树树红叶，连成一片，沟里仿佛
着了火。高大有站在社员队伍里，冰着方框脸，不理
人。他穿着那件五冬六夏都不换的蓝制服褂子，磨破了
的袖子上，沾着粉笔末子和墨水。他的衣领上别着四个
直别针，衣兜里插着一支钢笔，一支圆珠笔。我们听说
他把当年在河边上赠送给小扁的那支金星牌钢笔要了回
来。这人，狗一样，出来的，再吃下去，哪里还算个男
人！听说宝田赠送了一支英雄牌金笔给小扁。宝田翻着
账簿，高声喊叫：

"高贵香家，一千六百八十二斤——"

我们将装满柿子的大筐抬到磅盘上。保管员拨弄着
磅上的刻度游标，报数："第一磅，二百六十五斤——"

我们把柿子筐抬到一边，倒在地上，柿子满地滚。
高贵香的女儿小青用脚往里踢着柿子，对着匆匆走来的
高贵香，哭咧咧地说："娘，你怎么才来呢？分这么多
柿子，怎么办呢？"

"傻孩子，东西还怕多吗？有柿饼吃着，就饿不
死人。"

"娘，是'人'不是'银！'"小青说。

"你要再敢撇腔拿调我就撕烂你的嘴！"高贵香用食指戳着小青的额头，凶巴巴地说，"什么是'人'不是'银'，说了半辈子话，突然就不会说了？"

"是'然'不是'严'……"小青胆怯地嗫嚅着。

高贵香在小青后脑勺子上扇了一巴掌。小青趴在了柿子堆上，呜呜地哭起来。我们把第二磅柿子二百七十斤，倒在高贵香身后。金黄色的柿子，扑扑噜噜涌出来，把这个凶女人的两条腿埋住了。我们反感她，并不仅仅因为她是高大有的妹妹。倒完柿子后，我们使了一个眼色，用抬筐的边缘，故意地撞了一下她的腚，使她一下子趴在了柿子堆上。臭嘴娘们，啃两口涩柿子吧，让涩柿子麻了你的舌头，省了你骂人。"是涩不是筛"，我们想起了小扁和她的学生用喇叭筒子吆喝过的话。"你们瞎了眼了？"高贵香大骂，"你们这些坏了良心的奸蹦子，坏种！"我们笑着，把第三筐分给她家的二百八十斤柿子抬过来，倾倒在她的眼前，让那些调皮的柿子，埋没了她的大腿。

高大有上前来，一手掐腰，一手指着我们，恼怒地说："有你们这么欺负人的吗？你们这些帮虎吃食的杂种，狼狈为奸的畜生，拍马屁溜沟子的小人！解小扁给了你们什么好处？你们是嗅过她的骚呢，还是舔过她的腔？我看你们是白忙活，解小扁的尿，轮不到你们喝，解小扁的腔，也轮不到你们舔……"

"舅舅，您别骂了……"小青哭着喊着，抓起一个柿子，扔到很远的地方。

宝田把算盘往桌子上一拍，站起来，说："高大有，你太猖狂了！"

"老子就猖狂了，怎么的？"

"你那个民办教师，不是铁杆庄稼！"

"老子教书时，你还在你爹腿肚子里转筋呢，你说不让我教，我就不教了？你们爷俩儿，在柿子沟一手遮天，但你们能把全中国的天都遮住吗？"高大有挥舞着手臂，说，"真是他妈的不要脸了，爷儿俩个，围着一个娘们的腔沟转，宝田，你是个傻种，解小扁那个窟窿，你爹钻够了才轮到你呢！"

宝田抓起算盘，对着高大有投过来。高大有一闪，躲过去，继续说："说到痛处了吧？这就叫气急败坏，哈哈，你们以为大家伙眼睛瞎了？告诉你吧，群众的眼睛是雪亮的！"

宝田提起凳子，欲往高大有身边冲，被保管员死死抱住。保管员劝他：

"宝田，宝田，不要跟这个疯子一般见识。"

"我是疯子？我是他妈的疯子，我是被你们和解小扁联手气疯了。你们是一群苍蝇，围着解小扁那块臭肉转圈飞……"

"高老师，是'肉'不是'右'。"小扁走到高大有面前，平静地说。

她是什么时候来的？高大有那些脏话，难道她都听到了吗？

"老子就说'右'，你能怎么的？"

"高老师，是'说'不是'靴'。"小扁笑眯眯地说。

"甭你娘的在我面前卖片儿汤，你认识那几个字，不还是老子教你的吗？"

"高老师，是'认'不是'印'，是'识'不是'希'。"小扁耐心地说。

"你……你这个……"

"高老师，是'这'不是'则'。"小扁说。

"我……气杀我也……"

"高老师，是'杀'不是'撒'。"

"我就'撒'了，你能怎么着？'撒撒撒撒……'"高大有将两条胳膊挥舞起来，仿佛真的往空中撒着什么东西，但他的动作，突然缓慢了，先是左边的胳膊，无力地垂下来，接着右胳膊也耷拉下来。他横眉竖目的脸，像被水淋湿的纸糊灯笼一样坍塌了。然后他就歪倒在地上，嘴角上流出涎水，嘴巴里呜呜噜噜的，不知道说着什么。

高贵香大声哭嚎着，叫骂着，从柿子堆里挣出来，抓起身边的柿子，对着我们投掷：

"你们这些土匪，你们这些强盗，你们这些畜生，你们这些破鞋，你们把我哥气死了啊……"

七

高大有得了脑溢血，送到医院救治后，活了过来，但留下了后遗症：嘴巴歪了，左腿拖了，左胳膊举不起来了。他拄着拐棍，在村子里游荡。见了人，就呜啦，听不清楚说什么。在大街上游荡够了，就到学校里去，用拐棍捣教室的窗户，或者在教室前那个空场上，用拐棍划字，骂小扁，骂书记和宝田。陈国忠上前，用不便利的脚，把那些恶毒的话语抹掉。抹着抹着，两个人就打了起来。那条大黄狗，有气无力地叫几声，便不再理睬他们。打的结局，总是陈国忠将高大有推翻在地，摆一个胜利者的姿态，笑着说：

"高大有，你这孙子，从前笑话我瘸，给我起外号'英文教员'，说我走起路来，脚尖在地上写英文。笑话人，轮上身。你孙子，怎么也划起道道来了？你看看你划的，像蝌蚪文呢。现在，你孙子还不如我呢，我还有一张嘴，可以唱戏，'手提着红灯啊俺四下里看——上级派人那个到咱龙潭呐——'可是你，呜呜啦啦，嘴歪鼻塌，彻底废物了。书记大仁大义，看在你教了多年书的分上，保留了你的工分，把你住院的费用，用合作医疗经费全部报销，你还写字骂他，这叫什么？这就叫'批林批孔批宋江，丧心病狂'！"陈国忠唇枪舌剑，妙语连珠，骂得高大有老羞成怒，无处发泄，抢起拐棍，想打，但举起棍子，身体就失去支撑，没打着陈国忠，自己先倒了。爬起来，在地上转圈，找不到解恨处，瞄上了那铁钟，歪歪斜斜扑上去，身体依靠木头上，用那只好手，扯住钟绳，就想敲钟。这可了不得，事关大局，贫下中农管理学校，管理的就是这个钟，哪能让他乱敲？于是，哇哇叫唤着，胳膊忽扇着，仿佛抓着野兔子艰难起飞的老鹰翅膀，扑了上去，"喤——"钟响了一声，两个残人纠缠在一起，滚成一团。大黄狗厌烦地叫了一声，便闭上眼睛。滚够了，分开。似乎都吃了亏，似乎都占了便宜，似乎都解了恨，退后几步，间隔着三五米的距离，陈国忠对着高大有吐唾沫，唾沫里有血，高大有用拐棍在地上写了四个歪歪扭扭的大字：小人得志。志字后边，还画了一个长长的惊叹号。

陈国忠跳着脚说："是'人'不是'银'！"

八

我们在一起议论：小扁如果不还乡，宝田和她不般配。小扁回了乡，和宝田很般配。我们顺着蔓儿往下想，小扁如果和宝田成了两口子，接下来的幸福，就像葡萄，一串串一穗穗，采摘不尽。在我们的心目中，他们俩的事，已经基本上是板上钉钉，不可改变了。但一个半真半假的传言，让我们心中感到七上八下。说宝田向小扁求婚，小扁说：

"啥时候你能说一口标准的普通话，再跟我来谈这个问题。"

宝田说："我随时都可以学会普通话，但是，如果我在村子里满口普通话，不让人笑话吗？"

"笑话什么？"小扁瞪了宝田一眼，说，"到了外边，不说普通话才让人笑话呢。"

"到了外边，我也会说普通话，但在村子里，还是不说为好。"宝田说。

"随你便。"小扁说。

"小扁，咱们俩在一起时，我可以跟着你说普通话，但在公众的场合，你还是让我说咱自己的话。"宝田说。

"随你便。"小扁说。

"小扁，咱们俩的事，拖了这么多年了，是不是举行个仪式定下来？"宝田说。

"咱们俩有什么事？"小扁问。

"我知道你跟勘探队那个小丘来往密切，"宝田带着情绪说，"但那些人是顺水漂流的浮萍，不可靠的。"

"你没有资格对我说这样的话。"小扁说。

小扁和宝田的对话，来自陈国忠的转述，我们半信半疑。对话中提到的那个小丘，是省地质局的一个勘探小队的队长。秋收时节，一辆溅满泥浆的大卡车，开到我们村外，在布满卵石的河滩上，竖起一个井架，发动了一台四十八马力的柴油机，拉着钻机，开始了神秘的钻探。问他们钻什么？他们笑而不答。钻井队里，共有十四个人，清一色的小伙子，队长小丘，满头鬈毛，唇红齿白，皮肤黧黑，穿一身帆布工作服，戴着白手套，脖子上围着一条白毛巾，手腕子上戴着一块亮晶晶的手表，讲的自然是一口标准的普通话。这样的人物，过去我们只是在电影上看到过。他们的出现，使我们异常兴奋，最兴奋的还是孩子。他们忘记了上课，围在井架旁边，目不转睛地观看。柴油机铿铿地吼着，钻机隆隆地转着，柴油味溢满河道，河水中漂浮着油花子。小扁到钻机旁边去找她的学生，认识了小丘。在我们村人眼里，小丘和他的队员们很有吸引力，但在小丘和他的队员们眼里，小扁更有吸引力。我们猜想，小扁吸引他们的不仅仅是容貌，还包括她标准的普通话。

我们农民，只有下大雨、刮狂风、下冰雹，才可以休息，但钻探队里那些人，每隔六天就歇一天。当我们看到，他们在晴空丽日下，穿着干干净净的衣服，在河边、在树林里、在我们村子里晃来晃去时，我们深切地体会到了人间的不平。人比人要死，货比货要扔，对此，我们没有一点脾气。我们只是感到，这样大好的日子，不刮风不下雨，竟然用来玩耍，真是糟蹋了。村子里有资格过星期天的人，只有小扁一个。星期天里，小扁端着脸盆，在河里洗衣裳。一个精巧的小收音机，放在河边一块石头上。里边一会儿唱戏，一会儿说话。里边唱戏时小扁就跟着唱戏，里边说话时小扁就跟着说话。有时候，小扁也在河里洗头。她把衣裳领子窝进去，露出比脸白许多的脖子，浸湿头发，抹上香皂，搓出一头泡沫，然后就把头放在水中漂洗。

只要小扁出现在河边，钻探队员们都来洗衣服。有的说："解老师，唱个歌吧。"有的说："解老师，你应该到广播电台去当播音员，在这山沟里，可惜了。"小扁不搭理他们，只是微笑。钻探队员们有的也有口音，小扁就毫不客气地纠正他们，使他们的脸臊得通红。每当此时，队长小丘就用眼睛瞪他的队员。过了不久，那些勘探队员就不再围着小扁转悠了，只剩下队长小丘和小扁在一起。他们俩在河边走，在树林子里走，在山沟里走，走够了，就坐在石头上。小丘从怀里摸出一个口琴，放在嘴巴里来回拉动，美妙的声音就从那些槽槽洞洞里发出来。许多鸟在他们后边的树上鸣叫，有"喳喳"的，有"啾啾"的，啄木鸟啄树洞，"笃笃笃，笃笃笃"。村子里的放羊汉李结实，站在山顶那块黑色的大石头上，高声歌唱："是'人'不是'银'呐——是'肉'不是'右'——"散在山坡上的羊，"咩咩"叫唤。小扁的学生，有牵着羊的，有背着草筐的，躲在树林子里，听着，看着，小脑袋里，想象着什么。想象着什么呢？

那个名叫小青的女孩子，虽然是高大有的外甥，但和小扁非常亲近。她的娘高贵香经常向她灌输对小扁的仇恨，但是一点作用也不起，甚至起反作用，孩子的心就是这样，你教她仇恨，她却学会了热爱。

这个小青，竟然喝了农药死了。死后浑身青紫，嘴巴微张，大睁着眼睛。真是可惜，真是可怜，真是可怕。我们村子，喝农药死去的女人，十几年里，累计有十几个，但从来没有孩子自杀过。小青的死，全村震动，外村也知道了。村里的人差不多都去看过，外村也有来看的。

小扁去看小青，高大有手持拐棍，拦着门不让进。陪小扁一起去的小丘，把高大有连同他手中的拐棍一起抱起来——他的力气可真大——像抱一麻袋柿子一样，抱到很远的地方，往地上一蹾，说：

"您在这里歇会儿吧。"

小青被平放在院子里一棵粗大的柿子树下，身下垫着一块塑料布。半张着的嘴巴里，散发出刺鼻的农药味儿。从明显短了的衣袖里，伸出那两双手指长长的手。手腕上，用蓝色的墨水画着一只手表。

小扁先是站着哭，然后是蹲着哭，最后是伏在小青身上哭。

　　小青的娘高贵香，看到小扁来了，先是满怀敌意，大眼珠子，直愣愣的，仿佛要往外喷火星子。看到小扁哭得伤疼，她眼里的火就熄灭了，一腚坐在地上，双手轮番拍打着地面，哭。小青的爹，蹲在墙角，抱着头哭，声音尖细，像个小孩子。这是一个老实人，外号"木头"，平日里只知道闷着头干活，家里的事，一切都是老婆做主。

　　小丘蹲在小青身边，握着小青那只画着手表的手，眉头紧蹙，连连叹息。他劝说小扁，但小扁不理他。过了一会儿，他从自己手腕上撸下那只亮晶晶的全钢十九钻上海牌手表，套在小青手腕上，说：

　　"小扁，不要哭了，我们满足她的心愿。"

　　然后，他把小扁拉起来。

　　戴着手表的小青静静地躺在灿烂的夕阳里。表针哒哒地响着，众人仔细聆听。天气很凉，我们一阵阵地发抖。一片片红色的柿树叶子，无声无息地落下来，浮浮游游地落下来，有的落在小青身上，有的落在小青身旁。

　　小丘的举动，引起了轩然大波。我们估计，那个晚上，村子里的家家户户，都在议论这件事。有的人，在夸奖小丘的义气，一块那样的手表，在那个时代，可不是一件小礼物。价值一百二十五元，一家人拼着命干一年，也不一定能挣到这么多钱。问题还不仅仅是钱，那样的手表，是紧俏商品，要凭票供应。也有的人，对小丘的举动，胡乱猜想，说他是做给小扁看的，说他是一时冲动，回去后，肯定要后悔。也有人说，这样贵重的东西，难道要埋到地下？如果埋到地下，小青的墓，除非日夜有人看守，否则，盗墓贼还不得成群结队？也有人说，高贵香那个财迷，决不舍得让小青戴着手表下葬……议论纷纷，人人操心。小丘的举动，其实也给高贵香家出了一个难题。埋下去吧，小青的尸身难得安息，不埋下去吧，人家小丘的意图那样明显，就是为了满足孩子那点愿望的嘛。

第三天，书记到了高贵香家，坐在院子里。他的身后，是一具刷成红色的小棺材。小青躺在棺材里，脸上蒙着一张白纸，身上盖着一条红花布的小被子。书记先让陈国忠去把小扁叫来，然后又让民兵连长刘顺，去河滩上把小丘叫来。书记阴沉着脸，不说话。小扁来了，问书记，书记不回答。小丘来了，神情冷傲。书记冷冷地看着他。两个人的目光，似乎是针尖对着麦芒，谁也不让谁。争斗了一会儿，书记的目光先弱下来，侧着脸问："您就是丘队长？"

"叫我小丘好了，"小丘冷淡地说，"请问您找我来有什么事？我正在工作，很忙。"

"也没有什么事，"书记用一根柴棍挑着从小青手腕上褪下来的表，说，"希望您把这个玩意儿拿走。"

小丘刚想辨白，书记打断了他的话，说："你什么也不要说，说了我也不听，小青是我们村的孩子，我是这个村子的书记，你不要来搀和我们的事。"

书记把手表连同柴棍扔到小丘脚前，说："你们要在河滩上钻探，这是国家的事，我们不敢阻拦，但我们这个村子，闺女媳妇很多，我这个书记，有责任保护她们。希望你们，不要到我们村子里来胡串串，败坏了我们的风俗！"

小丘满脸通红，很是尴尬，看了小扁一眼，似乎要寻求帮助。小扁低着头，不说话。小丘弯腰捡起手表，嘴唇乱哆嗦，似乎要说话，但终究没说出什么，然后就走了。

"有几个臭钱，显摆什么？"书记盯着小丘的背影说。

"书记，我可以走了吗？"小扁问。

"你不可以走，我还有话。"书记说，"解小扁，刚刚接到公社教育组的通知，停止你的工作。"

"为什么？"小扁问。

"我也不知道。县教育局和公社教育组的人下午就到，他们来了，你就知道为什么了。"书记对民兵连长说，"刘顺，你安排几个人，把小扁带到大队办公室去吧，好好照顾着，别出事，出了事我们无法向上边交代。"

九

消息很快就传开了。说小青临死前在作业本上写了一首诗：

"俺是山里娃，说啥普通话？满嘴大白话，皇帝拉下马。只要思想红，照样干革命。"

正好上边在批判资产阶级教育路线回潮，这个事件，非常典型，于是就引起了县里的注意。

小扁被关押在大队部里。我们很担心，便相约着，前去观看。听说县、社联合调查组的组长就是当年四清工作组里那个能讲一口标准普通话的傅春花，我们想跟他说说，他当年对我们的影响有多大。我们还想告诉他，小扁之所以要在村子里推广普通话，也与当年他讲普通话给我们留下了那么难忘的美好印象有关。

我们一到大队部门口，就被站岗的基干民兵挡住了。我们村民兵连是公社武装部授予了光荣称号的先进集体，配备着十支破旧步枪，一百发子弹。虽是破枪，也比棍棒和梭镖威严许多。这些基干民兵，平日里是和我们打打闹闹的兄弟爷们，但披挂起来之后，他们的面孔，就变得严肃而深沉，使我们心生敬畏，不敢亲近。小扁的娘和爹也哭哭啼啼地赶来，想往里冲，持枪的民兵把大枪一端，眼睛一瞪，他们的腿脚，就定住了。

许多人聚集在大门外，书记出来，和颜悦色地说："都回去吧，围在这里干什么？有什么好看的？"

小扁的爹苦着脸问："他大叔，小扁到底犯了什么罪？"

书记摇摇头，很为难地说：

"老扁，怎么跟你说呢？"

"小青和俺家小扁，好着呢，"小扁娘说，"她们俩在俺家炕头上，吃着糖块学官话，糖块是小扁买的。"小扁娘说。

"老嫂子，回去吧，"书记说，"我会向工作组如实地反映情况。"

这时，一个秃了头顶、戴着眼镜的人，从办公室里出来，指着我们对书记说：

"把大门关上！怎么搞的吗！"

　　几个基干民兵在书记的指挥下，把那两扇大铁门喀喇喀喇地关上了。我们感到适才这个人有点面熟，在铁门关上那一霎，当年那个在我们的记忆中留下许多好印象的傅春花，和他重合在一起。

　　"他已经当了教育局的副局长了。"陈国忠在我们身后，悄悄地说。

　　我们猛然地想到，适才，这个傅副局长讲的普通话已经很不纯正了。

　　在以后的日子里，白天不敢去，晚上，我们就悄悄地溜到铁门外，将耳朵贴在门缝上，听着里边的动静。头几天晚上，我们听到小扁大声喊叫，用的依然是标准的普通话。后来的晚上，只能听到工作组的人在喊叫，却听不到小扁一点声音了。

　　十天后，联合调查组撤走了。

　　大队部院子里的大门开了，小扁从里边走出来。院子里静悄悄的，仿佛一个人也没有。办公室里的电话铃丁零零地爆响着，没有人接听。

　　小扁的爹娘迎上去。

　　我们也跟着迎上去。

　　"孩子，你没有事吧？"小扁的娘哭着问。

　　小扁头发很顺溜，衣服也还整洁，只是目光有些呆滞。

"小扁，你还好吧？"我们低声问她。

她抿嘴一笑，我们以为她要说话，但她没有说。

联合调查组回去发了一个文件，停止了在全县中小学推广普通话教学的运动。当时还有传言要追认小青为革命烈士，后来没了下文。

事情过去了许多年，我们至今也弄不明白，小青为什么要自杀？小青和小扁关系那样亲密，学习普通话的热情那样高，为什么要写那样一首诗？是谁发现了那首诗？又是谁把那首诗送到了县里？我们怀疑是高大有伪造了那首诗，我们也怀疑是书记或者是宝田把那首诗送到了公社教育组。我们的理由是小扁和高大有有仇，而小扁和小丘的关系，伤害了书记和宝田的感情。但这些怀疑，也经不起推敲。因为高大有生前，曾经许多次地在大街上，在学校的墙上，用拐棍，用粉笔，不断地写、划："那首诗，不是我写的，我高大有是个堂堂正正的男人，不干这种卑鄙小人的事……"高大有临终前，瞪着眼不肯咽气，他的老婆对他说："他爹，村里人都知道，那首诗不是你写的，你闭眼吧。"他这才闭上眼睛咽了气。至于宝田，在小扁疯了之后的表现，让我们深为感动。他找到小扁的父母，说："大爷，大娘，小扁生是我的人，死是我的鬼，我要和她结婚。"

后来，宝田真和小扁结了婚。结婚之后，宝田带着小扁，去地区精神病医院治了三个月。回来之后，小扁发了胖，两个腮帮子嘟噜下来，见了人就笑。问她："小扁，认识我吗？"

她只是笑，不回答。

村里人都说书记宽宏大量，宝田是个好样的，但也有人不这样看。

陈国忠生前曾经神秘地对我们说："那天，我给工作组伙房送菜，看到他们，把一块猪肉，用柴棒插着，举到小扁面前，问：'这是什么？'小扁用普通话说：'猪肉！'一个人扑上去，把那块猪肉硬塞进小扁嘴里，说：'让你猪肉，让你猪肉！你说驹右就饶了你！'小扁真是倔犟，把猪肉从嘴巴里吐出来，说：'你们可以杀了我，但是猪肉不是驹右！'"

我们问："你说的'他们'是谁？"

"……这个小扁，真是倔犟……真是倔犟啊……"陈国忠含糊其辞，"你就说'驹右'，又能怎么样呢？"

陈国忠说的话，我们也不能全信。

（二〇〇四年）

大　　嘴

一

　　村子里那三辆去县城迎接茂腔剧团的马车鸣着响鞭从大街上穿过时，公鸡刚刚打了第二遍鸣，离天亮，还得会儿工夫，但大嘴已经睡不着了。大嘴是个九岁的男孩，名字叫小昌，但村子里的人都叫他大嘴。大嘴是个喜欢热闹的孩子，听到鞭声，他很想爬起来，跟随着马车，到县城里去，看着那些工作队员们怎么样背着行李上车，又是怎么样坐在车上，一路唱着戏，沿着新铺了黄沙的大道，一直到达村子。大嘴和哥睡在一铺炕上，爹和娘，还有小妹妹，睡在另外一铺炕上。他听到爹和娘也醒了。爹一声接一声地叹气，娘不耐烦地说：

　　"心中无闲事，不怕鬼叫门！睡吧。"

妹妹哭起来，似乎是尿了炕，娘大声咋呼着：

"哭！尿了这么一大片，还有脸哭！"

妹妹的哭声渐渐低了，爹和娘也没了声息。哥在炕那头翻了一个身，吧嗒了几下嘴，含糊不清地说了几句梦话，便又打起了呼噜。一条破被子，大部分被哥卷了去，他扯着被角挣了挣，根本挣不动。他睁大眼睛，望着黑乎乎的房顶。几只老鼠在纸糊的顶棚上来回奔跑，发出扑通扑通的声音。他感到被老鼠们震落的灰尘落到了嘴巴里，便侧过身，面对着灰白的窗户。迷迷糊糊中，他感到自己爬起来，穿上冰凉的棉衣，缩着脖子，从房门缝隙里钻出。蹑手蹑脚，走过甬路，生怕惊动了父母；屏住呼吸，经过鸡窝，生怕惊动了公鸡。侧身从院门的缝隙中钻出，到了胡同里，遒劲的北风迎面吹来。他用袄袖子捂住嘴巴，跑上河堤，越过石桥。头上繁星点点，桥下的冰闪烁着灰白的光芒。过了桥就是通往县城的大道。他奔跑，似乎只有脚尖着地，道路惨白，砂土在脚下飞溅，仿佛苍白的浪花。他很快就看到了那三辆像船一样飞快地往前滑行的马车，悬挂在马车一侧的防风灯笼放出黄光，闪闪烁烁，宛如神秘的眼睛。然后就听到了马喷响鼻的声音和马蹄的哒哒声。他加速追了上去，脚尖仿佛踩着弹簧，每蹬一下，就获得很大的力量，步伐大得无法估量，身体在空中连续地跃起，接近马车时，他用力一跃，轻飘飘地落到了车厢里。车把式杨六披着光板子羊皮大袄，抱着鞭子，缩着脖子，坐在辕杆上打盹。拉车的辕马是匹瞎马，全靠着拉长套的马引路。马和人都悄无声息，马脖子下的铜铃发出清脆悦耳的响声。马车平稳前进，几乎没有颠簸。冷气袭来，无遮无挡。他感到双腿像被猫咬住一样疼痛。这时他才发现，因为走得匆忙，竟然忘记了穿鞋。不但忘记了穿鞋，而且连棉裤也没穿。不但没穿棉裤，而且连棉袄都没穿。他发现自己是赤身裸体着坐在马车上。他想趁着黑夜跳下车，赶快回家穿衣，但马车越跑越快，一会儿只有左边的车轮着地，一会儿只有右边的车轮着地，仿佛是在波峰浪谷中飞速滑行的小舟，他只有双手死死地抓住车栏杆才能不被甩下去。

天色越来越亮，阳光像干燥的红色粉末，洒遍了大地，染红了树木、枯草和天地间的一切。飞奔的马车猛然刹住，停靠在一个高大的戏台前面。他还没来得及下车，就有许多的人，从四面八方拥上来，绕着马车，围成一个巨大的圈子。最前面的那些人，个个眉清目秀，脸上涂抹着厚重的油彩，身上披挂着斑斓的彩衣。这些就是茂腔剧团的人啊，演花旦的宋萍萍，演青衣的邓兰兰，演老旦的吴莉莉，还有演老生的高仁滋，演花脸的盖九，演武生的张奋，外号猴子张，能一连串儿翻二十八个空心跟斗……茂腔剧团的人全来了，都在笑，男的张开大嘴，女的捂着小嘴。他感到羞愧难当，使劲地收缩身体，往车厢里那条装满了草料的麻袋下钻去，身体刚刚被遮盖住一半，那条麻袋就被一只大手拎走了。车把式杨六，用鞭杆挑着一件红色的单衣，在他的面前晃动。他伸手去拿红衣，鞭杆倏地缩了回去，同时他还听到了杨六的冷笑，然后又听到许多人的笑声。那鞭杆挑着的红衣，又悠悠晃晃地到了他的面前，刚一伸手，它又缩了回去。然后又是笑声。他恼怒地忘记了羞耻，站起来，跳到车栏杆上，破口大骂。杨六巨大的拳头，捅到他的面前。他没有躲闪，而是猛然地张大了嘴巴，就像一条吞食老鼠的蛇，把那铁一样生硬的拳头咬住，然后，一点点地吞下去，吞下去。他听到有人悄悄地说：这个孩子，好大一张嘴啊！嘴大吃四方，这个孩子必是个有福的。他又听到一个人响亮地说：快掐住他的脖子！果然就有两只冰冷的大手，掐住了他的脖子。他努力挣扎着，听到从自己的鼻孔里发出了尖利的、类似鸡叫的声音……

公鸡叫响了第三遍，大嘴猛然惊醒。他感到浑身冰凉，手脚麻木，脖子僵硬，运动不便，似乎围上了一道铁箍。哥一翻身又把全部的被子卷去，他只好把棉袄披在身上，蜷缩在炕头发抖。小公鸡鸣声稚嫩，听起来竟有几分像猫叫。如果村干部把剧团的演员派来家吃饭，娘一定会让爹杀了公鸡隆重招待。娘做得一手好饭菜，每次上边下来干部，村子里派饭，都派到家里来。尽管干部们吃罢饭会放下一斤粮票三毛钱，但娘是把家里最好的东西拿出来给他们吃了，那点钱和粮票根本不够。从娘和爹满脸的喜气上，大嘴知道，招待干部，虽然折本，却是荣耀。家里成分不好的，即便摆上龙肝凤髓，干部们也不会去吃。不久前，在清理阶级队伍的运动中，那个当过还乡团的五麻子，在棍棒的打击下，把爹咬出来了。自从民兵队长三邪把这个消息悄悄地告诉了哥，哥又把这个消息回家说了后，爹和娘的脸上，就再也没有出现过笑模样。

二

　　那是一个早晨，爹蹲在炕上，捧着一个黑色的大碗，转着圈，呼噜呼噜喝粥。大嘴也抱着一个大碗，学着爹的样子喝粥。呼噜声此起彼伏，爷儿两个，仿佛比赛一样。小妹妹蓬着头发，缩在炕头上，迷瞪着两只先天失明的大眼睛，歪着头，侧耳听着动静。娘把一块玉米面的饼子，递到她的手里，她接过，哼唧着：

"我要吃红糖……"

"什么红糖黑糖！再这样下去，连粥也喝不上了。"娘皱着眉头，烦恼地说。

妹妹哼唧几声，见没有效果，无奈地把饼子举到嘴边，一点点地啃。

哥还站在院子里，咔嚓咔嚓地刷牙。

"吃饭了，大少爷！"娘不高兴地喊叫着。

哥嘴角沾着牙粉沫子，将搪瓷缸子重重地蹾在柜子上，蛮横地说：

"催什么呀！"

"刷什么刷呀，再刷也是黄的。"娘低声嘟哝着。

"他大概吃了狗屎了！"大嘴从碗沿上摘下嘴，气哄哄地说。

"喝你的！"娘瞪了大嘴一眼，说，"往后要是再听到你在外头多嘴多舌，就把你的嘴巴用麻绳子缝上！"

"缝上也挡不住他胡咧咧！"哥擦着嘴角上的牙粉沫子说，"昨天在饲养棚里，当着许多人的面，他又耍贫嘴了，说什么'社会主义好，社会主义好，社会主义国家人民吃不饱……'这要是让村里干部听到……"

"听到又怎么样？"母亲烦恼地说，"一个咂鼻涕的孩子，还能把他打成反革命？"

"他就是让你们给惯坏了！"哥嘴巴里散发着清爽的牙膏气味说，"清理阶级队伍工作队马上就要进村了，形势紧张着呢。"

"你再敢出去胡说就砸断你的腿，"爹从碗边上抬起头，严肃地说，"要是有人问你，那几句顺口溜是谁编的，你怎么说？"

"我就说是他编的，"大嘴对着哥撅撅嘴，说，"我就说是他让我出去说的。"

"我砸死你这个混蛋！"哥哥抄起一把扫炕笤帚，对准大嘴的脑袋搐了下去，"你想让我蹲监狱去啊？！"

"行了，"娘说，"都给我闭住嘴，吃饭，不吃就滚出去！"

哥哥把笤帚扔到炕头上，悻悻地说："你就护着他吧，早晚让他惹回来灭门之祸，那时就晚了。"

"一个孩子，懂什么？"娘说，"这算什么社会，明明吃不饱，还不让人说……"

"就是！明明吃不饱嘛！"大嘴得到了娘的支持，气焰嚣张起来。

"你也给我闭嘴！"娘说，"今后无论到了哪里，大人说话，小小孩儿，带着耳朵听就行了，不要插嘴，听到了没有？"

"听到了。"大嘴说。

"如果有人再叫你大嘴，就狠狠地骂他们，听到了没有？"娘说。

"听到了。"大嘴说。

"不许你在人面前，把拳头塞进嘴巴里去，只有狗才吞自己的爪子，"娘瞅着大嘴的黑乎乎的手说，"听到了没有？"

"听到了。"大嘴说。

"听到个屁，狗改不了吃屎，猫改不了上树。"哥气犹未消地说，"咱们家，很快就要大祸临头了！"

"大清早晨的，说这样的话，也不怕晦气！咱们不偷不抢，堂堂正正做人，老老实实干活，会有什么大祸临门？真是的。"母亲不满地说。

"五麻子把俺爹咬出来了。"哥说。

"他能咬我什么？"爹喝着粥，不屑地说，"我跟他没有任何瓜葛，他能咬我什么？"

"他说你参加过还乡团！"哥愤怒地说。

"你说什么？"爹猛地喝了一口粥，呛了，剧烈地咳嗽着，把碗胡乱地放在炕桌上，焦躁地问，"他说什么？！"

"他说你参加过还乡团！"

"这个杂种！这个杂种啊！"爹跳下地，赤着双脚，在炕前寻找鞋子。

娘把鞋子踢到爹的跟前，冷冷地说："你要到哪里去？"

"我去找这个坏蛋，"爹穿上鞋子，瞪着眼睛说，"他怎么敢红口白牙地说瞎话呢？"

"问题是你参加没参加？"哥气急败坏地说，"你要真的参加过还乡团，我们这个家，就彻底完蛋了。我的前途，就彻底毁了。"

"我参加什么了？还乡团？"爹的脸悲苦地扭曲着，额上的皱纹，像刀痕一般深刻，"一九四七年，我才十四岁，一个十四岁的孩子，能参加还乡团吗？再说，咱们家也不是地主，也不是富农，跟贫农团无仇无恨，参加还乡团干什么？"

"无风不起浪，"哥哥说，"他为什么不咬别人，单咬你？"

"我不就是去吃了两个羊肉包子吗？"爹说，"那天晚上，大月亮天，我在街上玩耍，碰到五麻子，急匆匆地走。我问他去干什么，他说，一拨人，在王大嘴家聚合，喝齐心酒，杀了一只羊，包了两锅羊肉包子。我那时还是个小孩，嘴巴馋，五麻子拉着我去吃羊肉包子，我就去了，看到一拨人，都喝红了眼睛。锅里有很多包子，热气腾腾，香喷喷的。我吃了一个包子。王大嘴也斜着眼说：'小山子，你吃了我们的包子，就算参加了我们的组织了。'王大嘴的娘说：'他一个小孩子，懂什么？'王大娘又从锅里拿了一个包子给我，说：'小山子，你快回家吧，这里没有你的事。'就是这样，我稀里糊涂地去吃了两个包子……"

"你为什么要去吃那两个包子？"哥愤怒地说，"你不吃那两个包子难道就能馋死吗？"

"怎么能跟你爹这样说话？！"娘把饭碗蹾在饭桌上，恼怒地说。

"我看你是跳进黄河也洗不清了！"哥不依不饶地说，"我还指望着今年报名参军呢，这下完了……"

"我去死，"爹尖利地喊叫着，"我不连累你们，我一人做事一人担当……"

"你死了也是畏罪自杀！"哥毫不示弱地说。

"你们爱说什么就说什么吧……"爹在炕前的板凳上坐下，双手抱着头，悲苦地说，"一包耗子药喝下去，两眼一闭，两腿一伸，眼不见，心不烦，你们爱怎么着就怎么着吧……"

"这样的丧气话我不愿听，"母亲将那个糖罐子里残存的一点红糖倒在一个碟子里，递到妹妹手上，回头盯着父亲，眼睛很湿，很亮，说，"不就是这么点事吗？还值得你去死？就算把你打成了还乡团，又能怎么样？不就是逢集日义务扫扫大街吗？"

"这可不是扫扫大街的事！"哥说。

"你给我闭嘴！"娘说。

"摊上这样一个爹，算是倒了八辈子霉了！"哥不依不饶地说。

"你给我闭嘴。"母亲重复了一遍，声音降得很低，但仿佛冷气逼人。

哥看了母亲一眼，就惊恐地低下头，不敢再吭声。

"还是那句老话，干屎抹不到人身上，"娘说，"你们出去，该说就说，该笑就笑，有事藏在心里，不能让人看出来。人，没事的时候，胆不能大；事到临头，胆不能小。人家还没怎么着你，自己先软了，瘫了。你们，都给我挺起腰杆来，兵来将挡，水来土掩。这个世界上，有翻不过去的山，有凫不过去的河，但没有过不去的日子！"

三

"不许到桥头上去，听到了没有？"娘严厉地说。

大嘴答应着，倒退着走出了院子。他看到，鸡窝的铁网门还没有打开，那几只母鸡，在窝里焦躁地咕咕着。那只小公鸡的脑袋，从网眼里伸出来。鸡头似乎被网眼卡住了，鸡冠子憋得通红。爹在院子里，用一把生锈的斧子，劈一个表皮已经腐烂的槐树根盘，细小的劈柴，散落在他的周围。

大嘴出了院子，在胡同里转了几圈。邻居家的两个孩子，手里拿着煮熟的地瓜，吃着，奔跑着，从他身边经过。大嘴看着他们爬上河堤，向着桥头的方向飞奔。那里锣鼓喧天，十分热闹。铿铿锵锵的锣鼓声，吸引着大嘴向桥头靠近。起初，他还记得母亲的嘱咐，但当他看到聚集在桥头上那些人兴奋的脸庞时，就把母亲的嘱咐彻底忘记了。

大嘴钻进人群，面对着村子里的锣鼓队。打鼓的人，依然是哥。哥是村子里最好的鼓手，这让大嘴感到骄傲。哥穿着那身用草绿颜料染成的假军装，头上戴着一个虽然褪了颜色，但却是真正的军帽。哥这个军帽是用家里祖传下来的一柄青铜剑从邻村的一个复员兵那里换来的。那柄剑一直藏在梁头上，哥把它偷了出去。当父亲知道了这个愚蠢的交易，逼着哥去换回来时，娘却说，男子汉大丈夫，换了就是换了，不过，娘对哥说，你是个十足的傻瓜。

哥戴着真正的军帽，穿着草绿色的假军装，脚上穿着白塑料底的松紧口布鞋。大嘴知道，这是哥最好的衣帽，只有最隆重的场合才舍得穿戴。哥脸色发红，眼睛闪光，站在鼓架前，挥舞着两只圆溜溜的鼓槌子擂打鼓面。"咚咚咚，咚咚咚，咚咚咚咚咚咚咚……"一连串节奏分明的声响，震动着大嘴的耳膜。他入迷地盯着哥虽然粗大但十分灵巧的双手和那两根上下翻飞的鼓槌子，身体随着鼓声不由自主地抖动起来。哥的左边，是敲锣的孙宝。哥的右边，是拍钹的黄贵。他们也都赤红着脸，十分卖力。锣声和钹声，羼杂在鼓声里，显得有些多余。在锣鼓队的周围，聚集着几乎全村的人。有的人神色冷漠，有的人喜气洋洋。那个名叫秀巧的姑娘，左手扶着一个名叫春兰的姑娘，右手捻着垂在胸前的辫子稍，笑意盈盈地、目不转睛地看着哥。她的脸盘很大，红彤彤的，腮上有一些紫色的冻疮。哥好像知道有人在注视自己，热情越来越高涨，双臂挥舞得越来越快，鼓声如同急雨，连绵不绝。哥脸上冒出汗珠，嘴巴里喷吐着汹涌的热气。敲锣的孙宝和拍钹的黄贵，帽子推到脑后，额上粘着湿发，手忙脚乱，分明跟不上哥的鼓点，锣声和钹声，更加杂乱无章。

一辆崭新的自行车，爆响着铃铛，从桥头上直冲下来，到了人群外边，车上的人轻捷地跳下来。大嘴听到有人低声说：

"杜主任来了。"

杜主任身穿灰色制服，头戴着灰色单帽，脚上穿着一双黄色的翻毛皮鞋，脖子上围着一根褐色的长围巾。大嘴知道，各村的革命委员会主任和公社的干部，都是这样的打扮。杜主任扶着闪闪发亮的自行车把，紫红色的四方脸上带着洋洋得意的表情。他先是对着人群点头，然后把目光投射到那条悬挂在两根杉木杆子之间的红布横幅上。横幅上写着"热烈欢迎茂腔剧团进村"的标语。杜主任的神色突然严肃起来。他按了几下车铃，激越的锣鼓声把铃声淹没。杜主任大声喊叫：

"停下，别敲了！"

锣鼓声戛然而止。

杜主任将自行车支在桥上，手指着标语，用轻蔑的口气问：

"这是谁写的？"

乡村小学的章老师从人群中挤出来，站在杜主任面前，虾着腰，满脸堆笑地说：

"主任，是我写的。"

"是谁让你这样写的？"杜主任严厉地问。

章老师一只手搔着脖子，一只手摸着衣角，张口结舌。

"简直是胡闹，赶快撤下来，重写！"杜主任站到一个高坡上，居高临下地，对着众人道，"今天要来的这些人，在县里是演员，但到了我们村，就是工作队员，清理阶级队伍工作队的队员。"

章老师指挥着两个学生，爬上杉木杆子，把横幅解了下来。

杜主任走下高坡，皮鞋嗒嗒响着，走进人群，站在鼓前，扫了哥一眼，不阴不阳地说：

"叶老大，你很卖力嘛！"

哥咧开嘴，尴尬地笑着。杜主任撇撇嘴，冷笑一声。哥将鼓槌子放在鼓上，两只手，在身上摸索着，摸出一个瘪瘪的烟盒，剥开，捏出一根香烟，递到杜主任面前。杜主任哼了一声，从自己上衣兜里，用两根指头，夹出一盒没开包的烟，用小指的指甲挑开锡纸，用大拇指弹出一支，举到嘴边，用嘴巴叼出来，然后又摸出一个白亮的打火机，将烟点燃。杜主任将手中的烟盒举起来，大声说：

"谁抽？"

都盯着烟盒，但无人吭气。

杜主任将烟盒装进口袋，目光上下打量着局促不安的哥，然后直盯着哥的脸，似乎是很惋惜地说：

"叶老大，你的鼓打得确实很好，但是，你不用再打了。"

哥咧开嘴，仿佛要说话，但是说不出话，只有两片嘴唇上下开合，脸通红，猴子腚，耳朵比脸还红，两片经霜柿子叶，膝盖弯曲，双手低垂，身体矮了许多。

那两只放在鼓面上的鼓槌子，静静地躺着。

"麻子，你来打！"主任指着哥身后的方麻子说。

方麻子急不可待地跑到鼓前，抓起来鼓槌子。

哥尴尬地退到一边，和大嘴站在一起。

大嘴感到腹中似乎有一把火燃烧起来，耳朵上那些冻疮奇痒难捱，嘴巴不由自主地张开，他大声喊叫着：

"主任，你不公道！我爹不是还乡团，我爹那时还是个小孩，小孩子谁不馋？不馋算什么小孩？大人也馋，你见了羊肉包子不也要流口水吗？我爹去吃了两个

羊肉包子，你要是我爹也会去吃，说不定你还要吃三
个，吃四个，吃五个，吃六个，你吃了六个包子都不是
还乡团，我爹怎么就成了还乡团？！"

哥用手捂住了大嘴的嘴巴。大嘴挣扎着，咬了哥的
手指。哥松开手。大嘴跑上高坡，大声喊叫：

"我爹不是还乡团！我爹就吃了两个包子，你们凭
什么不让我哥打鼓？你们凭什么不让演员到我家吃饭？
我爹劈了劈柴，我娘杀了公鸡，我们要请演员到家吃
饭，我们不是还乡团……"

主任愣了片刻，突然哈哈大笑起来。笑了一阵，指
着大嘴的嘴巴说：

"你这小子，怎么长了这么大一张嘴呢？"

有的人笑出了声，有的人咧开嘴，做出笑的表情，
但没发出声音。

"大嘴，听说你能把自己的拳头吞下去？如果真有
这本事，让你爹把你送到杂耍班子里当小丑吧。"

哥跑上高坡，用巴掌堵住大嘴的嘴。

大嘴踢着哥的腿，挣出头，张开口，大声喊叫。哥
扇了大嘴一巴掌，大喊：

"不许说话！"

大嘴从高坡上倒下来。过了一会儿，他艰难地爬起

来，看到哥站在杜主任面前，低声下气地说着什么。他感到耳朵里嗡嗡响，仿佛有苍蝇在里边飞。他感到正午的阳光很刺眼，众人的眼睛都在盯着自己。他还想喊叫，但喉咙已经发不出声音。他张大嘴巴，把自己的拳头，用力地往嘴里塞。他感到心中充满了怒火，仿佛只有把拳头塞进嘴里，才可以缓解那种让他几乎要发疯的激烈情绪。塞，他感到嘴角慢慢地裂开，拳头上的骨节顶得口腔涨痛，牙齿也划破了手掌上的冻疮，嘴巴里全是血腥的气味。塞啊，终于把整个的拳头，全部塞进去了。这时，他看到众人脸上惊愕的表情。他看到神色有些慌张的杜主任对着神色茫然的哥说了一句什么。他看到章老师指挥着学生把横幅换好。他看到杜主任骑上车子，向村子深处疾驰而去。他看到哥从方麻子手里夺过鼓槌子奋力打鼓。他看到鼓面震动时发出的声音，与金色的阳光碰撞在一起。他看到那三辆拉着茂腔剧团演员的马车，从大道上飞奔而来，车轮后边，腾起来红色的灰尘。他看到那些鞭声和马蹄声，从红色的灰尘中蹿起来，仿佛一支支明亮的火箭，拖着长长的尾巴，直钻到高天里去。

（二〇〇四年）

挂　　像

一

　　高密民间艺术，有"三绝"之说。"三绝"者，泥塑、剪纸、扑灰年画之谓也。泥塑、剪纸，人人皆知，扑灰年画，则需要稍加解释。扑灰的意思，就是用柳木炭棒，在纸上起画稿，然后，将白纸蒙上，用手按压拍打，使画稿上的线条，印到白纸上。一张画稿，可以拓扑十几张。线条模糊后，再用炭棒描画，然后再拓扑。这其实是一种简单的复制方法。复制好之后，那些根本没有画技的人，也可以按着纸上的线条，比照着样板，勾勒着色。"文革"前，每到冬闲，高密东北乡的朱家庄、宋家庄和公婆庙村，这三个以扑灰年画闻名的村庄，几乎家家都成了作坊，老婆孩子齐上阵，粉刷颜面

的，勾勒眉眼的，涂抹颜色的，裱糊的……流水作业，
批量生产。春节前夕，那些关东来的画子客，便云集到
这几个村庄里，等待着趸货。那些家里没有作坊的人，
也可以充当二道贩子，从中牟利。村子里房屋比较宽裕
的人家，几乎都成了临时旅馆，住满了画子客。扑灰年
画的品种比较单调，无非是"连年有余"、"麒麟送子"、
"姑嫂闲话"、"金玉满堂"之类。那时生活贫困，贴壁
年画的销量很小，并不需要这么多人家日夜加班生产。
支撑着年画市场的，是一种名叫家堂轴子的品种。家堂
轴子，其实就是一张很大的扑灰画。画的下半部分，画
着一座深宅大院，大院的门口，聚集着一群身穿蟒袍、
头戴纱帽的人，还有几个孩子，在这些人前燃放鞭炮。
画的上部，起了竖格，竖格里可以填写死去亲人的名
讳。一般上溯到五代为止。家堂轴子，在我的故乡，春
节期间悬挂在堂屋正北方向，接受家人的顶礼膜拜。一
般是年除夕下午挂起来，大年初二晚上发完"马子"之
后收起来，珍重收藏，等到来年春节再挂。但关东地
方，却在过完年之后，将其焚烧，来年春节前，再
"请"一张新的。家堂轴子，不能说"买"。关东地区每
年焚烧家堂轴子的习俗，才是支撑高密扑灰年画市场的
资源。

　　家堂轴子挂上之后，年的气氛就很浓厚了。这时，按照老习俗，就不能随便到外姓人家串门了。连出嫁的女儿，也不可以再回娘家。家堂轴子前面的桌子上，竖着十几双崭新的红筷子，摆上八个大碗，碗里盛着剁碎的白菜，白菜上覆盖着鸡蛋饼、肥肉片之类，碗中央，栽着一颗碧绿的菠菜。桌子一边，摆放着五个雪白的大馍馍；桌子的另一边，放着一块插着红枣的金黄色年糕。桌子最前面，是一个褐色的香炉和两个插上鲜红蜡烛的蜡台。满桌子色彩缤纷，很是丰富。到了晚间，点燃香烛，烛光摇曳，香烟缭绕，轴子上那些大红大紫的人物，一个个闪烁着奇光异彩，非常遥远，非常神秘，传达着来自另外一个世界的信息。家堂轴子，和供桌上的供品、香烛，几乎就是我童年记忆中春节的全部，神秘的氛围，庄严的感觉，都从这里产生。

二

　　"文化大革命"开始后的第一个春节前夕，担任着大队革命委员会主任的我父亲皮发红，在大队办公室里，通过大喇叭，对全村广播。广播的内容是：根据公社革命委员会的通知，今年过年，各家各户，不许再挂

家堂轴子。各家的家堂轴子，集中到大队部，统一焚
毁。不挂家堂轴子挂什么呢？我父亲皮发红说，公社革
委指示，每家免费发一张毛主席的宝像，在挂家堂轴子
的位置上悬挂。至于供品，当然要摆，不但要摆，而且
要摆得比往年丰盛，因为没有毛主席，就没有我们贫下
中农今天的好日子。至于地、富、反、坏、右之家，不
允许他们挂宝像，也不允许他们挂家堂轴子，因为他们
的家堂轴子上那些人，都是些吸饱了贫下中农血汗的寄
生虫。那他们这些人家挂什么呢？我父亲皮发红没
有说。

　　年除夕中午，在大队部院子里，各家交来的家堂轴
子，堆积在一起。我父亲皮发红，指挥着两个胳膊上戴
着红卫兵袖章的民兵，从村子里废弃的染布坊里，揭来
一个大铁锅，安放在一个临时垒成的灶上，灶膛里插满
了劈柴，铁锅里倒上了半桶煤油。这架势，有些荒唐，
仿佛要煮牛。我父亲对那些交完家堂轴子领取了宝像围
绕在锅灶周围似乎恋恋不舍的人说，家堂轴子是四旧，
破四旧，就要油煎火烧，表示个决绝的态度。我父亲这
样说着时，我的心中怦怦乱跳。因为我从众人的脸上，
看出来很多东西。这家堂轴子，在人们的心目中，是绝
对不容亵渎的神圣物品，它代表着祖先，代表着福荫，

尽管迫于形势，不得不拿出来，但人们心中，还是很沉重，很内疚。尽管人们都没说话，但我知道人们都在心中暗暗诅咒。千万人的诅咒，都降落到我父亲头上，可我的父亲皮发红，被革命的热情燃烧着，满面红光，一手叉腰，一手挥舞着，对那些民兵发号施令："快，把家堂轴子扔到锅里！"

就有几个民兵，把一些家堂轴子，扔到锅里。锅小轴子长，七长八短，支棱起来，成了一个坟堆的形状。

"往上泼油！"我父亲说。

就有一个民兵，用勺子舀着柴油，往轴子上泼。

我父亲皮发红摸出一支烟，叼在嘴里，点燃，把燃烧着的火柴棍儿扔到锅上，幽默地说：

"有灵的升天，无灵的冒烟！"

轰然一声，暗红的火苗腾起，足有半米高。锅里的柴油也被引燃，火苗更高，与大队部的房顶齐平。革命的烈火，熊熊燃烧，院子里那几棵大杨树上细弱的枝条给热流冲击，颤抖着，并且发出窸窸窣窣的声响。几个风僵的蝉，从树上掉下来。灼热的火焰把周围的人群逼得连连倒退，一直退到了墙根上。前排的人，把夹在胳膊弯子里的毛主席像松散开，拿在手里，扇着扑到面前的黑烟。我父亲皮发红指点着那些人，怒吼："你们，怎么敢把宝像那样？！"

那些人顿时觉悟，慌忙把手中的宝像卷拢，依旧夹在胳膊弯子里。

黑烟里有一股浓重的油漆味儿，还有一股焚烧多年旧物时发出的那种特有的灰尘味儿。我父亲皮发红往后退了两步，把头上的帽子往后推推，但马上又往下拉拉。烈火烤得他焦躁不安，仿佛一只心烦意乱的猿猴。那些民兵们，纷纷后退。在我父亲皮发红的叱骂下，民兵们只好跑上前，从大堆里抱起几卷家堂轴子，往前疾跑几步，身体尽量地往后仰着，将家堂轴子扔到火堆里，然后连蹦带跳地后撤。撤到后边，就捂着嘴巴咳嗽。那些家堂轴子，在大火中爆裂着，弯曲着，许许多多穿袍戴帽的人物，在火光中一闪现，马上就消逝了。各家各户的祖先，也包括我家的祖先，在烈焰中化成了灰烬。为了加快燃烧的速度，我父亲皮发红又给民兵们下达了命令，让他们把那些尚未扔到火里的家堂轴子抖开，将轴子上下两端的那两根木棍扯下来。许多人家的轴子，是用了白纱做衬、刷了桐油防腐的，往下撕扯，并不容易。我父亲就让民兵，从最靠近大队部的人家里，拿来了两把镰刀，往下砍削，于是就发出真正的裂帛之声。那些庄严的画面，展现在观者面前，践踏在民

兵们脚下。我父亲这个革命者，似乎是为了坚定那些民
兵们的信心，排除他们心中的犯罪感觉，还不时地上
前，用他那两只穿着大皮靴子的脚，轮番踢踏着那些画
面，嘴巴里还恶狠狠地喊叫着：

"这些封建主义！这些牛鬼蛇神！这些封建主义！
这些牛鬼蛇神……"

我父亲每踏一脚，我的心就紧缩一下。我父亲每骂
一句，我的罪恶感就加重一份。当然也不仅仅是这些，
还有一些骄傲和自豪的感觉，羼杂其中。因为，我们绵
羊屯大队，二百零一户人家，一千一百零八口人，只有
一个革命委员会，革命委员会里，只有一个主任，那就
是我父亲皮发红。

我父亲皮发红，原先是个酒鬼、懒鬼、邋遢鬼，在
我娘的骂声中度日，即便是给他一双新鞋，用不了三
天，鞋后帮就被踩倒，趿拉在脚下。革命初起，我父亲
皮发红扯旗造反，把原先的干部统统打倒，登上了主任
的宝座。我父亲当了主任之后，第一件事就是改变形
象，做了一套蓝色的军便服，胸前佩戴上一个碗口那么
大的毛主席像章，买了一双土黄色的翻毛大皮靴，高靿
的，无法踩倒后鞋帮。革命前他走起路来踢踢踏踏，大
老远就能听到。革命后他走起路来咯咯噔噔，依然是大

老远就能听到，但声音和气势大不相同。我父亲皮发红
这种人，是天生的革命分子，他在革命前后判若两人的
表现，让村子里许多见过世面的老人感叹不止。皮发红
革命成功后，立即就给我家带来了好处。那时候物资紧
张，许多东西都要凭票购买。公社里分配给每个村子一
张自行车票，被他购买了崭新的大金鹿牌自行车，镀镍
的部件闪闪发光，能照出我的影子，自然也能照出我父
亲和我娘的影子。买车的钱没有，先从大队借上。供销
社分配给村子里两块条绒布，我爹给我娘留下一块，做
了一条裤子，没钱，也先从大队里借上。我娘对此还有
顾虑，对我父亲说：这样干，群众不会反映吗？我父亲
说：革命，总要有点好处，没有好处，谁还革命？毛主
席早就说了，要反对绝对平均主义，官长骑马，士兵也
要骑马，哪里有那么多马？就算每人能平均一匹马，那
官长也要骑匹好的……

　　在烈火烤灼中，我回忆着我父亲革命后发生的事
情，心中感到安慰了许多。我想我父亲皮发红要做的事
情，总是正确的，因为他是主任。我偷眼看着众人的表
情，在缭乱的烟火中，众人的脸，都有些鬼鬼祟祟。只
有我父亲皮发红和那些民兵的脸，是那样的激情洋溢，
红光闪闪。我父亲皮发红和民兵们红光闪闪的脸上，流

出汗水，只有在他们脸上流出汗水时，我才发现，他们的脸上，蒙上了一层灰尘。所有的家堂轴子都扔进了火焰中，锅底下的木柴也被引燃了，火势凶猛，生铁锅随时都可能熔化。在这种情况下，无论什么样子的高手，也不可能从火中抢救出一副完整的家堂轴子了。革命其实已经胜利。我父亲皮发红发令，让众人散开。众人还若有所待似的不离开。我父亲冷笑一声，先走了。看热闹的人，这才渐渐走散。

三

我父亲走进了大队部广播室，大喇叭里响起他的声音。他的声音有点嘶哑，像是被火焰烤的。广播喇叭里传出他喝水的声音，咕咚咕咚的，好像饮牛一样。我父亲说，各家回去赶快把毛主席的宝像挂起来，傍晚时，他会挨家挨户地去检查。我父亲还说，各家都把最好的东西拿出来供上，尽管毛主席不会吃咱们的，但咱们的这颗忠心，要表示出来。

我溜到广播室里，看到我父亲皮发红坐在一把椅子上，让那个名叫翠竹的女人给他剃头。皮发红的脖子上，围着一条紫红色的围巾，围巾上落满了发渣子。这样一条围巾，只能是翠竹的。翠竹是大队里的赤脚医生，中西医皆通，不但能给人往屁股上打针，还能给人静脉注射。她不但能给人打针，还能给猪打针。革命前夕我们家养了一头猪，长到将近二百斤时，突然病了，发烧，咳嗽，不吃食。这样一头大猪，能卖一百多元钱，在那个年代里，一百多元，可是一笔大钱。一辆大金鹿自行车，也不过值一百多元。大队里没有兽医，要想给猪治病，必须要跑二十多里路，到公社兽医站去请兽医。我父亲一改拖拉风格，飞跑着去请，但那些人架子奇大，不出诊，让我们把猪送去医治。那时我父亲还没当革命委员会主任，没有面子。如果把这样一头大猪绑起来，送到公社去，病不死，也就折腾死了。情急之中，我娘厚着脸皮，找到翠竹。吭吭哧哧地把情况说了一遍。翠竹背着药箱子，二话没说，到我家来，在猪的耳朵上，找到一根粗血管，一针见血，注射进去满满一管子抗菌消炎的药物，猪连哼都没哼。这猪，第二天就认食，第三天就完全好了。后来，这头猪长到二百五十多斤，卖到公社屠宰组，杀了个特等，每斤价值五角三分八，统共卖了一百三十多元。这件事，我父亲和我母亲经常念叨，感念翠竹的恩德。我父亲当了主任后，对翠竹格外照顾，每年给她加了五百工分，每月还给她补助五元钱。所以，她把自己的围巾围到我父亲脖子上，遮挡发渣子。看到我后，皮发红把按在翠竹屁股上的手收回去，说："皮钱，你来得正好，让翠竹姑姑给你剃个新头。"

我一听剃头，抽身就走。我听到皮发红对翠竹说："旧社会，穷人家的孩子，过年没有新衣裳穿，就剃一个新头。"

我回到家，看到娘正在包饺子。堂屋正北那张桌子上的杂物已经挪走，桌子上经年的灰尘也扫去了。

娘说："皮钱，去找你爹，让他回家摆供，熬浆子，贴对联，都什么时候了，还不回家。"

"我爹在广播室里剃头。"我说。

"谁给他剃头？"娘问。

"翠竹。"我说。

"翠竹？"娘恕冲冲地说，"你赶快去叫他，就说我犯病了。"

我上了大街，看到十几个孩子，靠在一堵墙壁前，在玩"挤出大儿讨饭吃"的游戏。游戏的方式很简单，就是大家贴着墙，站成一排，发声号，两边的死劲往中间挤。谁被挤出去，谁就是大儿子。但被挤出去的，马上又贴到队伍的最后边，死劲往里挤。挤到最后，总是乱成一团，几十个孩子，你压着我，我压着他，在地上滚来滚去。无论是谁家的家长，看到自家的孩子玩这个游戏，都会毫不客气地上前，拧着耳朵，把他从队伍中揪出来。因为这个游戏，最费衣裳。即便是暂时磨不破衣裳，也会弄一身泥土。仿佛一个在地上打过滚的驴。这样的游戏我喜欢。有这样的游戏玩，我还去找那个名叫皮发红的人干什么？我紧紧裤腰带，扑上去，背贴着墙壁，死劲往中间挤。一个孩子被挤出去，又一个孩子被挤出去。又一个，又一个。很快我就到了中央。孩子们齐声喊叫："挤啊挤，挤啊挤，挤出大儿讨饭吃！……"

我用脚跟蹬着地面，脊梁紧贴着墙，坚持着，不出去当大儿子。来自两边的力量，挤得我的骨头叭嘎叭嘎响，再不出去，只怕连尿都要被挤出来了。实在坚持不了了，我的意志一松懈，身体就出来了。这时，我看到皮发红和翠竹相跟着，沿着大街走过来。在我身后，有孩子说："看，皮发红和翠竹来了。"

孩子们更加兴奋，喊叫声震天动地："挤呀挤呀挤呀挤，挤出大儿讨饭吃……"

皮发红和翠竹腋下夹着宝像，到了近前，停住。皮发红问我："皮钱，你娘包完饺子没有？"

"你赶快回家吧，我娘说，她的病犯了。"我说。

"中午还好好的呢，怎么突然就病了？"皮发红纳闷地问。

"我一说翠竹姑姑在给你剃头，她就说病犯了。"

翠竹苦苦地笑笑，说："皮主任，你快回家去看看吧。"

"你顺便来给她瞧瞧，万一真的病了呢？马上就要过年了。"皮发红对翠竹说完，转头对我说，"你跟我回家，在这里闹腾什么。"皮发红也顺便对那些孩子说，"你们这些兔崽子，也都回家去吧，回家帮助爹娘干点活儿。如果你们把这堵墙挤倒，我就罚你们的爹，大年初一来打墙。"

四

我跟随着皮发红和翠竹进了家门。娘两手沾着面粉出来，对着父亲发牢骚："这个家你还要不要了？"

"你这说的是什么话？"皮发红不高兴地说，"大队里工作忙，我能不管吗？"

"忙什么？我看你是瞎折腾，家堂轴子，也是随便烧的？"娘嘟哝着，"不知道多少人背地里咒你呢，你就等着报应吧！"

"这是公社革委会的指示，不是我的发明。"

"你听到风就下雨。"娘说，"谁家没有祖先？只有孙悟空是从石头缝隙里蹦出来的，其他的人，都是爹娘生养。"

"你就甭给我'大家雀操鸽子，瞎唧喳了'。"皮发红不耐烦地说，"天下大事，不是你们娘儿们能够理解的。"

"烧了家堂轴子，挂什么？"娘不依不饶地说。

皮发红将腋下夹着的宝像展开，说：

"看看，我把毛主席请回来了。"

我看到，各家缴纳家堂轴子时换取的毛主席像，都是一个留着大背头的标准像，但皮发红展开的宝像，却是毛主席去安源时的形象。那时候毛主席很年轻，穿着长袍，留着大分头，肩上背着一个包袱，手中提着一把油纸伞。

"怎么样？"皮发红得意地炫耀着。

"这个毛主席很漂亮。"我说。

"不能这样说毛主席。"皮发红说。

"主任，如果没有事，我就先回去了。"翠竹说。

"你不是病了吗？"皮发红问我母亲。

我母亲不高兴地说："你咒我干什么？谁告诉你我

病了？"

"皮钱告诉我你病了，这不，我把翠竹都搬来了，给你看病。"皮发红说。

"我没有病，"我娘说，"我看你才有病，而且病得还不轻。"

"我看你是神经病。"皮发红说，"翠竹，你也回家收拾收拾吧。"

皮发红说话时，翠竹已经走到大门口。我娘对着她的背影啐了一口，低声但很清楚地说：

"革命革命，上边不要脸，下边不要腚！"

皮发红脸色发青，怒冲冲地说：

"王桂花，你说话要小心呢！"

"我不小心你能怎么样？"我娘毫不软弱地说，"才当了几天主任，就腚沟里插扫帚——扎煞起来啦！这个折腾法，我看你是兔子尾巴——长不了。我先把这个小话放在这里搁着，咱们骑驴看唱本——走着瞧！"

"好男不跟女斗，没空跟你啰嗦。"皮发红说，"皮钱，过来，咱们挂像！"

"怎么挂？"我问。

"都准备好了。"皮发红从口袋里摸出一盒图钉，得意地说，"用这个，按上就是。"

皮发红站在一条摇摇晃晃的凳子上，往桌子后边的墙壁上，按毛主席的画像。

我说："爹，您可要站稳立场，掉下来，可就麻烦了。"

"你这孩子，怎么不说过年的话呢？"皮发红说。

"过年也是四旧，应该革了'年'的命！"我说。

"哎呀，儿子，真是不可小看了你！"皮发红惊讶地说，"你说得很有道理，不过，公社革委没有指示，今年这个'年'，咱们还是过吧。"

皮发红用四个图钉，把毛主席的宝像钉在了墙上。然后，他和我一起，从炕头上，把娘做好了的八个供碗，摆放在桌子上。摆筷子时，我说："爹，只有毛主席一个人，摆那么多筷子干什么？"

"毛主席一家为革命牺牲了六个亲人，他们都要来吃呢。"皮发红说。

"烧家堂轴子时，你不是说人死了没有灵魂吗？没有灵魂，他们怎么能来吃？"

"毛主席家的人不一样。"

"毛主席家的人不是人吗？"

皮发红被我问愣了。张口结舌了一会儿，他突然发火，声色俱厉地吼我：

"你给我闭嘴！问那么多事干什么？"

"我看皮钱问得很好。"我娘在里屋不冷不热地说，"连一个孩子的问题都无法回答，你们这个革命，我看也是狗操猪，稀里糊涂。"

"小孩的话，小孩的话最难回答，"皮发红说，"连孔夫子都被三岁小儿项橐给问短了嘛，何况我。"

"唉唉唉，"我娘说，"皮大主任，你可要注意了，孔夫子可是被你们批判过了的。"

"嗨，我还把这话茬给忘了，可见封建流毒是多么难以清除！"皮发红说，"我说夫人，我知道你是高小毕业，认识一千多字，知道小米里含有维生素，鸡蛋里含有蛋白质，你就别跟我较劲了。革命，不是挺好吗？"皮发红指指院子里那圈明瓦亮的大金鹿，说，"不革命，能有大金鹿吗？"又指指娘腿上的条绒裤子，"不革命，你能穿上条绒裤子吗？"然后问我，"皮钱，你说，革命好不好？"

"很好，好极了，"我说，"革命很热闹，革命很流氓，不革命，你哪里能捞到摸翠竹姑姑的屁股？"

"好啊！皮发红，你这个流氓！革命革命，革到女人腔上去了！"我娘手持着擀面棍冲出来，对准皮发红的脑袋就是一棍——嘭——皮发红慌忙用手去遮拦——

嘭——这一棍打在皮发红的手骨上——你他娘的还真打——"我打死你这个色鬼！"

皮发红主任捂着头窜到院子里，大声说：

"王桂花，我要和你离婚！"

"你要是不离，就不是人做的！"我娘怒吼着。

"革命啦！革命啦！"我得意地嚷叫着。

嘭——我听到自己头上发出一声沉闷的声响，眼前金花乱冒，接着看到王桂花红彤彤的脸，和那脸上瞪得溜圆的大眼，接着听到她说：

"小兔崽子，你也不是个好东西！"

嘭——这一棍子也打在了我遮挡脑袋的手骨上。我抱着头，窜到院子里，和皮发红站在了一起。

王桂花抟着擀面棍冲出来，我跟随着皮发红跑出院子，跑出胡同，站在大街上。

五

已经是傍晚时分，大街上冷冷清清，看不到一个人影。皮发红摸着头上肿起的大包，怒冲冲地说：

"你这个混蛋小子，我啥时摸翠竹姑姑的屁股了？"

"剃头的时候，你的手就在她的屁股上，看到我进去，你的手就缩回去了。"

"你一定是看花眼了，小子，"皮发红语重心长地说，"小孩子，眼睛不要那么尖，不该看到的事情，不要看。看到了，也不要说。说了对你有什么好处？你看，我挨了两棍子，你也挨了两棍子，是不是？"

"想不到她这么狠毒。"我摸着头上的包说。

"狠毒，你才知道她狠毒？"皮发红说，"不过，再狠毒，她也是你的娘。"

"快过年了，我们怎么办？"

"你跟着我，去检查几户人家，在大街上磨蹭一会，等她的气消得差不多了，咱们就回家去。好不好？"

"好。"我说。

我跟随着皮发红，沿着大街，迎着夕阳，往前行走。他那双大皮靴踢踏着冻得坚硬的地面，发出很大的声响。临街的人家，多半都大门紧闭，新贴的对联，红红黑黑，没有一点喜庆气氛。有好几户人家，竟然贴着白色的对联。我知道这些贴着白色对联的人家，新近死了人。往年里这个时候，早就有鞭炮声此起彼伏，家家户户的大门，也都是敞开着的，因为按照古老的说法，这个时候，正是祖先回家过年的时刻，他们的车马，发出我们阳世的人听不到的声音，从荒郊野外，或者是另外一个繁华世界，汇集到村子里，各归各家。院子里撒着的谷草和黑豆，就是为那些我们看不见的骡马准备的。这个时候，关着大门，无疑是把祖先关在了门外。那么，村子里这条大街上和每条胡同里，应该是车马拥挤，那些愤怒的祖先，正在用拳头敲打着子孙们的大门，并且发出怒吼：不孝的子孙们，开门！也许，他们很能理解人世的变化，今年暂时不回来了。或者，那边也正闹着革命，他们也不能够回来了。我越想越糊涂，索性就不去想这些问题。我父亲皮发红或者是不甘寂寞，或者是忠于职守，在走街的过程中，大声喊叫着：

"提高警惕，严防破坏。挂好宝像，准备过年！"

我感到无聊，也跟着喊叫：

"提高警惕，严防破坏。挂好宝像，准备过年！"

当我们行进到村子最西边那条绝户胡同时，一股阴森森的凉风，从胡同里吹出来。我不由地打了一个寒战，说："爹，都说这条胡同里有鬼。"

"胡说，世界上，从来就没有鬼。"皮发红说，"再说了，有鬼怕什么？无产阶级就是专门和鬼斗争的。"似乎是为了进一步地安慰我，他指着自己胳膊上的红卫兵袖标说，"这个是避邪的，我们是毛主席的红卫兵，毛主席保护着我们呢，你说，什么鬼不怕毛主席啊？"

"我听人说，到了半夜时，这条胡同里就会出来一头小黑驴，来回乱跑，脖子上的铃铎，丁丁冬冬地响。我还听人说，有一个小货郎，挑着担子，来回走，但这个货郎，只有两条腿，看不到他的上身。"

"完全是胡说八道。"皮发红说，"告诉我是谁说的，过了年就开他的批斗大会。"

这时，一个黑油油的影子，从路边的一丛蜡条树中，嗖地窜了出来。我嗷地叫了一声，扑到皮发红的怀里。皮发红拍打着我的脊梁说："儿子，不要怕。有我呢。"

但我感到，皮发红的手也在颤抖。我说："他们说，这丛蜡条里也有个鬼。"

"什么鬼？那是一只猫。"

我们正说着，听到背后一个苍老的声音，颤抖着，喘息着说：

"是主任吗？"

我又一次嚎叫起来。皮发红也猛地转回身，大吼道："是谁？！"

"是我，皮主任，"那个苍老的声音说，"我是万张氏。"

"原来是你，"皮发红说，"吓了我一大跳，你不在家里老实待着，出来干什么？是不是想搞破坏啊？"

"瞧您说的，皮主任，我这么大岁数了，活了今天没了明天的，还搞什么破坏？"

"不搞破坏，你出来干什么？"皮发红说。

"我正要去找您，"万张氏说，"我有事想向您请示。"

"说吧，什么事？"

"你说，我家的像怎么挂？"

"你家还挂什么像？"皮发红不耐烦地说，"你家是地主成分，两个儿子当国民党兵，被解放军击毙，你自己说，还挂什么？"

"可我的二儿子和小儿子是当解放军被国民党军队打死的。"万张氏怒气冲冲地说。

"你家还有两个儿子当过解放军？"皮发红不阴不阳地说，"我怎么没有听说过呢？"

万张氏从怀里摸出一个布包，层层解开，拿出两张发黄的纸片，说：

"这是一九五〇年时，韩区长亲手发给我的烈属证。"

皮发红接过那两张纸片，放在眼前胡乱一瞅，随手扔在了地上，说："这玩意儿就算是真的，又能怎么样呢？你大儿子和三儿子是国民党士兵，被解放军击毙；
你二儿子和小儿子是解放军战士，被国民党军队打死，
正好，两个对两个，将功折罪。但你家老万是地主，你
是地主婆，所以，你还是有罪的。刘桂山当支部书记
时，不让你参加义务劳动，是他包庇你，那是不对的。
所以，你家过年，没有资格挂毛主席的宝像，而且，从
明天开始，你必须参加义务劳动，你不找我，我还把你
给忘记了。"

又是一阵邪风，从绝户胡同里刮出来。风里挟带着
一股子屠戮牲畜的血腥气味，还有一股子燎烧毛发的焦
糊味道。好像这条胡同里，有一家屠场。我感到脖子后
边一阵阵冒凉气，头皮一乍一乍的。听人们说，这就是
见到鬼之后的生理反应。我紧紧地抓住皮发红的手，但
他不断地把我的手甩开，好像我这样做让他非常反感似
的。我只好去揪他的衣角，但他的衣角也不让我揪，只
要我一揪住，他就猛地转一个身，试图把我甩开。但恐
惧中的我，手上产生了很大的力量，使他无法摆脱我。
这样，我就躲在了他的身后，获得了一点安全的感觉。
我看到，随着这股邪风的吹到，眼前的景物发生了明显
的变化。原先还算明亮的天，变得昏暗了，原先很熟悉
的环境，也变得陌生了。尤其是，适才这个衰老的连站

立都不稳的万张氏，突然变得矫健起来。皮发红将她的烈属证扔在地上，邪风吸引着烈属证往前跳动，仿佛两个调皮的小精灵，跳跳歇歇，歇歇跳跳。万张氏颠着小脚去追赶她的烈属证，嘴巴里发出惨痛的呻唤：

"我的儿啊——你们白死了啊——"

万张氏追随着烈属证进入胡同深处。这正是我们脱身的好时机，但皮发红却跟随着万张氏进入了胡同，好像鬼附了他的身。

我哀求着："爹，咱们回家过年去吧？"

皮发红猛地回过头，目光炯炯地盯着我。我看到他的眼睛里喷射出磷火一样的光芒，在磷火照耀下的那张脸，变得很陌生。我吓得快要死了，刚想松开这人的衣角，撒腿逃跑，逃回家去找我的娘，但这个适才千方百计不让我抓住他的手的人，却突然用他的冰凉潮湿的大爪子，紧紧地攥住了我的手。现在是我想挣脱他的手，但他的手牢牢地把握住了我。我只好被他拖曳着，深入了这条绝户胡同。

为什么把这条胡同叫做绝户胡同呢？因为这条胡同里的人家，不是寡妇，就是光棍，夫妻双全的，也没有后代。我们平日里是轻易不到这条胡同里来的。但今天，这样一个特殊的时刻，却鬼使神差般地来了。万张氏追赶着她的烈属证，烈属证跟她调皮。儿啊——儿啊——万张氏就把烈属证当成了她的儿子。这时，迎面来了一个人，手里举着一盏纸糊的红灯笼。从这盏红灯笼出现那一刻开始，天就完全黑了。

举灯笼的人，左脚踩住了一张烈属证，右脚往前一跨，把那张还想逃窜的烈属证也踩住了。这时，万张氏也就追到了他的面前。

"皮发青你这个杂种，你把我两个儿子踩坏了哇！"

万张氏的哭叫，告诉我们这个打着红灯笼把除夕的夜晚迎来的人，就是我父亲皮发红的族弟皮发青。在那个"亲不亲，阶级分"的年代里，按说我父亲应该和皮发青格外亲才对，因为皮发青既是我们的本家，上溯三代都是赤贫，那真是房无一间，地无一垄，但皮发青和我父亲皮发红却天生地不对付，在这个村子里，最不把我父亲这个主任放在眼里的，就是这个皮发青。

皮发青弯腰从脚底下把那两张烈属证捡起来，递到万张氏的手里，说：

"老太太，回家去吧，把这两张烈属证挂起来就行了。"

万张氏拿着自己的烈属证，颤颤巍巍地走进了自己家那两间低矮破败的小屋，这样的屋，连我这样的小孩子，都要弯着腰才能钻进去。

"皮发青，你家的像挂好了没有？"我父亲皮发红气汹汹地问。

皮发青把手中的灯笼高高地举起来，照着我父亲的脸，说：

"挂了，是不是想来看看？"

"是的，我就是要看看。"

"那就来吧。"皮发青转过身，在前面引着路，在胡同里走了一阵，拐进一条幽暗的小巷。他那盏灯笼射出的光芒仅仅把他身体周围那一圈黑暗照得昏黄，昏黄之外，是一片漆黑。我们在漆黑之中，头上是闪烁的群星，和一道道拖着长尾巴的流星。

在一个低矮的柴门前，我父亲皮发红突然停住了脚步，问：

"我说皮发青，你打着盏灯笼想去干什么？"

"找歪脚印。"

"什么？"

"找歪脚印啊，每年的除夕晚上，我都要打着灯笼，把我这一年里留在村子里各个角落里的那些走歪了的脚印找回来，然后放在坛子里收藏起来。"

"简直是鬼话，"我父亲皮发红说，"我看你是中了邪了。"

"只有鬼是不留脚印的，只要是人，都会留下脚印。"皮发青推开柴门，率先进入，然后问我们："进来，还是不进来？"

"你以为我怕你吗？"我父亲皮发红说，"哪怕你是龙潭虎穴我也敢闯！"

我和皮发红跟随着皮发青进了他家的院子，发现院子两侧竖立着许多纸人，这些纸人，都是在"文革"初起时，村子里游行时扎制的象征着那些著名的坏人的傀儡。想不到这些傀儡都集中到这里来了。皮发青高举起灯笼让我们把傀儡们看清楚，嬉笑着说："他们正在开会呢。"

进了堂屋，他举起灯笼，照着那副已经高高挂起的家堂轴子。那上边，那些穿着蟒袍戴着乌纱帽的人们，用仇视的目光盯着我们。

"好啊，"我父亲皮发红恼怒地说，"皮发青，你竟然敢抗拒公社革委的指示，私自藏匿家堂轴子，并且胆敢挂起来！你赶快给我摘下来，换上毛主席的宝像。"

"本来我也想挂毛主席的宝像，"皮发青说，"但我昨天夜里做了一个梦，梦到毛主席对我说：'皮发青啊，你们想挂我的像也可以，但不要把我的像当成你们的家堂轴子。你们的家堂轴子上，都是死人啊。你们把我的像挂在家堂轴子的位置上，摆上供品，你们这不是咒着我死吗？告诉我，这个主意是谁出的？他想干什么？'"皮发青严肃地看看皮发红，点点头，继续说，"我一琢磨，可不是嘛，把毛主席当家堂轴子挂，就是把毛主席当成死人嘛！这是什么性质的问题？你这个大主任，掂量掂量吧！"

这时，一阵阴凉潮湿的风从院子里刮进来，那些排列在院子两侧的纸糊的大人物发出一阵簌簌啦啦的声音，中间似乎还夹杂着哧哧的冷笑。我的头发直竖起来，脊梁沟里冷飕飕的。那个纸糊的灯笼上的红纸，被里边的蜡烛引燃，变成了一个火球，转眼间烧光，熄灭，屋子里一团漆黑。在火光最明亮的那一个瞬间，我看到家堂轴子上那些人，一个个横眉竖目，下巴上那些美丽的胡须，都扎煞起来。我不由自主地怪叫一声，转身就跑，但额头撞在了门框上，一阵头晕目眩，一腚坐在地上。这时候，我听到黑暗中，一声脆响，分明是一个人的腮帮子，被另外一个人狠抽了一巴掌。那么，只能是皮发红的腮帮子被皮发青抽了一巴掌。我听到皮发红喊叫着：

"你竟然敢打我？！"

紧接着又是一声脆响，皮发青也喊叫起来：

"你竟然敢打我？！"

"我没有打你！"

"我根本就没动手！"

皮发红点燃了一根火柴，火光中那家堂轴子上的人，仿佛随时都会从画面上跳下来。皮发青的鼻子里，流出来两道绿油油的血，眼睛里闪烁着绿色的磷火，就像被逼到绝境的猫眼里发出的那种光芒。

皮发红拉着我的手，逃出了皮发青家的堂屋，在他家院子里，那些纸人浑身哆嗦着，仿佛要跳起来拦阻我们。我们夺门而出，听到身后一片纸响。

在这条绝户胡同里，万张氏打着一盏红灯笼，来来回回地走，一边走，一边低声地叫唤着：

"儿啊，儿啊，回家来过年啦——"

六

正月里，村子里流传着一个神秘的传说，这个传说竟然与我们家有关。说半夜时分，当大队广播室里播放出《东方红》的乐曲告诉大家辞旧迎新的时辰到了时，说在革命委员会主任皮发红家的院子里，出现了一群穿着军大衣戴着大口罩的人。说其中一个人，身材高大而魁伟，虽然戴着一顶八角帽子但也遮不住他那宽阔智慧的额头，说这个人迈着沉重缓慢的步伐走进皮发红的家，看到了挂在家堂轴子位置上的宝像，和宝像前供奉着的东西，发出了一声冷笑，摘下口罩，显示出那颗著名的福痣，用浓重的湖南口音说：

"皮发红，我还没死呢，你们就把我供起来了！"

说我父亲皮发红扑通一声就跪在了地下，磕头好像鸡啄米。

（二〇〇四年）

养 兔 手 册

　　她脚上穿着一双褐色的翻毛皮鞋，前头已经磨秃发亮，左脚那只还开了绽。靠在她身边那个小女孩，一头乱蓬蓬的黄发，约有七八岁的样子。女孩伸出两个攥紧的小拳头，放在她的面前，说："猜！"她漠然地指指女孩的左手。"又错了。"女孩欢叫着张开右手，显出手心中的一颗粉红色的糖豆，然后把糖豆掩在嘴里。"别吃了，"她拨弄了一下女孩的手，说，"看看你这口烂牙，还吃。""谁让你猜错了呢？你猜对了我就不吃了。"女孩振振有词地说着，又把两个小拳头伸到她的面前，说，"你猜。""我不猜！""你猜嘛——""不猜！"……女孩用穿着红色人造革靴子的脚，笨拙地踢着她的腿。她把女孩揽住，按在座位上，说："别闹了，看，司机来了，要开车了。"

汽车驰出车场，在通往乡下的大道上，哞哞地吼叫着加速，颠簸着快了，更快了，路边的树开始往后倒了。女孩跪在座位上，脸贴着玻璃，看外边的风景。我咳嗽了一声，低声说："江秀英，老同学，不认识我了？"江秀英没有回答我的问话，只是对着我笑了笑。车钻进铁路下的涵洞，她微笑着的大脸盘开放在幽暗的车厢里，宛如一朵葵花。

其实心跳、脸红都是自作多情的表现，在江秀英的心目中，我这个小学同学，大概连新华书店门市部门前那棵歪脖子柳树都不如。二十年前，我当兵提干后第一次回来探家，听说江秀英在新华书店卖书，就穿着崭新的军装骑车进县城见她。我在军装里边套了一件雪白的的确良衬衣，衬衣的领口从军装的领口里露出来大约一厘米。我的脚下还穿了一双三接头的黑色牛皮鞋，擦得能够照清人影。为什么我的皮鞋能够照清人影？因为我发明了一种擦皮鞋的方法：将鞋油摊到鞋面上后，再滴上两滴醋，然后用鞋刷子蹭十分钟，再用绸布蹭十分钟。除了新军装、新衬衣、亮得如同镜面的牛皮鞋之外，我还戴了一块钟山牌手表。手表尽管是借了战友的，但是我既然已经提干，买块手表是迟早的事儿。为了让手表显出来，我将袖口挽上去一截。这也是人之常情，"留分头的不戴帽，镶金牙的开口笑"，戴手表的自然要挽袖子，否则那手表不是白戴了吗？我自认为打扮得已经完美无缺，而且在路上我感到很多女人当然也有男人都用热辣辣的目光看着我。女人看我是喜欢我，男人看我是羡慕我或者是嫉妒我，他们的目光大大地增强了我的信心。进了新华书店门市部，果然看到她站在儿童读物专柜前，眯缝着眼睛，目光迷茫，不知道在想什么。她的表现让我很失望，激动不安的心情顿时冷却下来。我在路上想象着，当我英姿勃发地出现在她的面前时，她一准会从柜台里蹿出来，情不自禁地抓住我的手，使劲地摇晃着，用她的清脆的像铜铃一样的声音说：哇！皮匠，是你？或者，更夸张一点，她会大叫一声，身体摇晃着，然后昏倒在地……但事实上她既没有跳出来抓住我的手大喊大叫，更没有昏倒在地，她眯缝着眼睛，目光迷离，好像一只正在胡思乱想的母兔子。我故意地咳嗽了一声，想把她从迷茫中唤醒，让她注意到我的到来，但她毫无反应，依然是一脸母兔子表情。我很想走到她的面前，用自认为很标准的普通话对她说：江秀英同学，难道你不认识我了吗？我是皮小江，皮匠呀，老同学啦！但是她的冷漠表情吓退了我。我低下头，走到农业知识专柜前。农业知识专柜前的那个瘦得像一根电线杆的姑娘满面笑容地对我打招呼：解放军同志，想要什么书？尽管这个瘦姑娘的笑脸不好看，但毕竟是笑脸，不能不理。我将目光投射到她身后的书架上，看到了一本名叫《养兔手册》的小书，就指了指，说，要那本，养兔子的。她满面狐疑地将那本养家兔的书取给我，脸上的笑容基本上消失干净。我翻阅着手册，好像看得很专注，其实我的全部心思都在身后的儿童读物专柜那里，都在江秀英的身上。我翻阅着兔子书想着江秀英，安慰着自己，江秀英肯定不是故意地冷落我，十几年前，我还是个穿着破棉袄流鼻涕的丑八怪，现在我是一个英武的军官，如此大的反差，她怎么可能认出我？我掏出钱买了这本我并不需要的书，然后，故意地提高了声音，问眼前的瘦姑娘：请问同志，你们这里有没有一个江秀英？瘦姑娘瞪圆眼睛，问我：你认识她？我说：我们是小学同学，十几年没见面了。瘦姑娘说，远在天边，近在眼前，她对着我身后努努嘴，说那不就是江秀英吗！然后她就大声说：江秀英，你看看这是谁？我急忙转回身，往前跨了几步，问：江秀英，还认识我吗？她浅浅地一笑，腮上出现了两个已经变长的酒窝，然后她的那张脸就恢复了冷漠。她的嘴唇动了动，仿佛要说话，但终究没说。我感到满脸发烧，手足无措，并不是因为羞涩，而是因为尴尬。我抱着满腔的热情来看她，脑袋里存在着许多美丽浪漫的幻想，但她仅仅是一笑了之。我痛感到我是热脸贴在了冷屁股上，自尊心受到了巨大的伤害。那一刻我的处境真是难受，我没回头就好像看到了瘦姑娘脸上的冷笑。但我终于找到了一个解脱自己的方法。我说：买本书。她问：哪本？我胡乱地往书架上指指，说：那本。她拿起一本，问：是这本吗？我说：对，是这本。她说：三毛六。我给了她一元钱，她找给我六毛四。然后她在书的背面盖了一个新华书店的纪念章，就把书给了我。我接过书，说：谢谢。然后我就目不斜视地走出了书店。我跨上自行车，发疯般地蹿出了县城。车子的前轮压在一块石子上，猛地一跳，连人带车，摔倒在地。当我迷迷糊糊地从砂石路上爬起来时，手掌上渗出了鲜血，军裤膝盖处，破了一个拳头大的窟窿。哎哟我的军裤啊！我将自行车拖到路边，一屁股坐下，很想哭，但是哭不出来。我心中恨恨地想：江秀英，你不就是一个新华书店的售货员吗？有什么了不起？你不理老子，老子还不理你呢！心中暗暗地恨着，骑上车子赶路，但江秀英那一轮圆月般的脸盘和那两只长得很开的大眼睛以及腮上的酒窝固执地在我的脑海里晃动着，其实我忘不了她，更恨她不起来。

　　在回家的路上，我碰到了当时正在公社报道组里混事的孙黄，他骑着一辆破车子，车子的前轮胎破了，用一根白色的牛皮绳子捆扎着。车子没有链盒，可能是怕把裤脚绞到链子里，他将一条裤腿高高地卷起来，看起来很滑稽。他见到我，从车子上蹦下来，抓住我的手，激动地摇晃着。他说：伙计，你混好了，咱们那班同学，数你混得好。我说：你混得也不错嘛。他说：什么呀，报道员，像一个狗腿子，还是个临时的。我说：你也可以去当兵嘛，部队里喜欢耍笔杆子的，你如果当了兵，用不了两年就能提干，我给你打包票。他沮丧地说：我血压高，还是色盲，当兵这条路，这辈子是走不通了。然后他问我去县城干什么，我说去买了两本书。他兴奋地：见到江秀英了没有？见到宋宝森了没有？他们都在新华书店工作。我说没见着。他说：这两个人正在谈恋爱呢。这怎么可能？我说。这怎么不可能呢？孙黄说：噢，你大概还记得那件事，听说起初江秀英不太愿意，后来宋宝森把自己的一根手指剁下来，她就愿意。接着他又说：人家都是吃商品粮的，跟我们这些庄户孩子不一样。我说，吃商品粮有什么了不起？他愣了一下，说，对对对，你也是吃商品粮的了，提了干就是国家的人了，你现在完全可以跟宋宝森拼一拼了，要不要我给你们牵牵线？我说，你胡说什么？人家江秀英是大美人，我这张脸如何配得上？他说：男人不靠脸，靠地位，你老兄回去好好混吧，混到个营长，别说江秀英，就是咱们县剧团里的于丽莎也会跟在你屁股后边打转转！于丽莎是我们县剧团的演员，在《红灯记》里演铁梅，号称全县第一美人。我说伙计别大白天说梦话了。他说：怎么是说梦话呢？只要努力，这是完全可能的，就看你努力不努力了。

可惜我刚混到连长就转了业，起初安排在县机械厂当武装部干事，武装部撤消后，又去当保卫股干事，后来工厂倒闭，我就下了岗，现在我是一个修鞋的，我的爹会修鞋，我的外号"皮匠"就是这样来的。原来我想这辈子可以不必再干这个下贱的职业，想不到人到中年后，为了生计，我只好子承父业，成了一个手艺不错的修鞋匠。而我的同学孙黄，在这将近二十年间，由报道员而新闻干事，由新闻干事而团委书记，由团委书记而公社党委书记，由公社党委书记而县委书记，不久以前，又由县委书记荣升为全省最年轻的市长。

六十年代一个夏天的上午，第一节课，班主任何老师夹着课本、提着随时都会敲到我们头上的教鞭，走进了教室。我们发现在他的身后，跟随着一个穿天蓝色背带裙、白色圆领衬衣、脖子上系一条红领巾、脚穿一双棕色牛皮鞋的美丽女孩。她的两条修长的小腿光溜溜地放着白嫩的光芒。这个女孩脸盘比较大，眼睛也比较大，眉毛比较黑，睫毛也比较长。她脸上最与众不同的是在她的红扑扑的腮帮子上生了两个小酒窝。这两个酒窝使她的脸时时刻刻都笑盈盈的，真是迷人的很。我们看够了班主任那张生着数不清的粉刺的脸，我们的目光全都集中在美丽女孩的笑脸上。班主任走上讲台，握着女孩的手说：同学们，向你们介绍一个新同学：江秀英。江秀英同学刚随父母从外地调来，她多才多艺，尤其擅长唱歌，下面，我们欢迎江秀英同学给我们唱一首歌。我们热烈地鼓起掌来。听美丽女孩唱歌，那肯定比听班主任讲课好听。班主任讲了些什么课？满口胡言，明知道我们饿得要命，他却在课堂上大讲手抓羊肉和吐鲁番的无核葡萄。我们鼓掌，女孩十分老练地举起一只手对着我们摆了摆，分明是让我们停止鼓掌的意思。又摆了摆，于是我们就停止了鼓掌。女孩的脸一点也不红，神情坦然，用晶晶有神的大眼把我们全都看了一遍。然后大大方方地说：这几天有点感冒，嗓子不好，唱得不好请同学们原谅。然后她就亮开了嗓门，唱了起来，根本听不出有什么感冒之类的事。她唱道：蓝蓝的天上白云飘，白云下面马儿跑，挥动鞭儿响四方，百鸟齐飞翔……听美丽的女孩唱歌竟然是这样的幸福。我的心从此就中了流毒，爱上了伟大的艺术。这样子的女孩可是凤毛麟角，在我们这个偏僻的乡村小学，竟然降临了这样的仙女，是开天辟地没有过的事情。现在我才明白，其实，从她站在那儿唱歌时开始，我们班上那些男生就都迷上了他。但在当时，我看到的，和听到的，却是男同学们，尤其是那些年龄大的男同学们，对她的恶毒攻击。年龄比我大五岁的宋宝森说：这个新来的雌儿，真她妈的难看！这样的雌儿，给老子啃脚后跟老子都不要！宋宝森家是烈属，父亲在公社当官。比宋宝森小两岁的库明说：是啊，她可真叫难看，瞧那张大嘴，能赛进一个窝头去！听着这些大同学的议论。我的心中，不知道为什么，竟然感到暗暗的高兴。后来，发生了一件震惊全校的事情。

江秀英几乎是马上就成了学校宣传队的主角。那时候每个学校都有毛泽东思想宣传队。我也是宣传队的队员。在样板戏《智取威虎山》选场里，扮演小炉匠栾平。化妆很简单，从锅灶下摸两手锅底灰，往脸上一抹，将我爷爷的光板子羊皮袄毛儿朝外往身上一披就是。江秀英是独唱演员，开场第一个节目是她，压场的节目也是她。开场唱《草原上升起不落的太阳》，压场唱《看见你们格外亲》，或者是颠倒过来。几次演出之后，在我们学校周围的十几个村子里，她的名声就传开了。说来了一个小俊，天生一副金嗓子。说她一开口小伙子就晕倒一片，说她一开口公鸡就下蛋，说她一开口地球就不转。我们的宣传队在几十个村子里巡回演出，傍晚出发，半夜回来。傍晚出发时太阳很大，我们从石桥上经过时，看到河里的冰被映照得彤红一片。几只蹲在冰上的白鹅变成了金鹅。突然从桥下蹿上来一个满脸涂抹着锅底灰、翻穿着羊皮袄的人，嗷嗷地叫唤着，直冲着江秀英奔过去，到了近前，左手扬起来，撒出一把石灰；右手接着扬起来，撒出一把石灰。石灰打在江秀英的脸上。江秀英惨叫着就蹲在了地上。我们都愣了。我们宣传队的老师都是骑着车子的，他们走得晚。我们四个人，一个是孙黄，一个是国良，一个是库明，一个是我，都是在《智取威虎山》选场里扮演土匪的，都翻穿着羊皮袄，都涂抹了满脸锅底灰。那天也是该到了江秀英倒霉，平日里去演出，我们班主任何老师都用自行车驮着她的，但那天何老师感冒了，去不了了。别的有车子的老师各有各的人驮着，所以江秀英就跟我们走在一起了。刚开始我们那个兴奋啊，你追我赶的，嗷嗷乱叫，平日里我们是到了演出的地方才找锅底灰往脸上抹，这次我们是还没出学校门就用学校伙房里的锅底灰把脸抹黑了。学校伙房里的锅灶是烧煤的，而农家的锅灶是烧草的，两种锅底灰味道大不一样。烧草的锅底灰干燥没油性，烧煤的锅底灰有油性，抹在脸上，感觉到皮肤被拘得紧巴巴的。我们的脸从来没像那天晚上那样黑过。我们的牙齿本来不白，但抹了这样的锅底灰后竟然变白了。我们龇着牙在江秀英面前表演着。走上小桥前，库明抻着脖子学了一声驴叫。我看到江秀英抿着嘴笑了。于是我也不甘落后地、用更响亮的嗓门学了一声驴叫。我自觉着比库明学得像。国良和孙黄也不甘落后。在一片驴叫声中，江秀英咕嘟着嘴，好像不高兴了。但她突然又咧开嘴巴笑起来。她的笑就是我们的兴奋剂。于是我们——那个脸上涂抹着锅底灰、翻穿着羊皮袄的坏蛋就是这时从桥洞里蹿上来，先扬起左手，然后扬起右手，把两把石灰面儿，打到江秀英的脸上。

在我们那儿，有一句著名的歇后语：石灰点眼——白瞎。我们还看过一部电影，好像是讲学生运动的，片名忘记了，影片中那些学生，在出去游行前，身上都要揣上两包石灰，如果碰上特务追赶，就掏出石灰，猛地回头，砸到特务脸上，于是特务就双手捂着眼睛，哀嚎着蹲在地上。那时候我们都有模仿电影里某些动作的爱好，我们模仿鬼子官举着军刀砍小树，我们模仿伪军笨拙地爬墙，我们模仿——我们什么都敢模仿，就是不敢模仿学生往特务脸上扔石灰包儿，因为我们知道这件事的严重。但这个模仿了我们的装束的家伙，却在我们面前，将两包石灰打在了江秀英的脸上。尽管那家伙化了妆，但我们还是把他认了出来。他扔完了石灰包就跳下石桥，在冰上奔跑时还重重地摔了一跤，惊动了冰上的鹅。他爬起来，趔趔趄趄地蹿进了河滩上那些红柳棵子里。

　　江秀英被几个老师用自行车驮往医院后，我们四个就被关押在学校的办公室里。我们的班主任何老师用一块白毛巾缠着头，在我们身前身后，焦躁不安地转着圈子。说，是谁干的？何老师齉着鼻子审问我们。我们彼此看着漆黑的脸，躲闪着老师的目光，低下头。撇着一口外县腔调的学校革委会主任从外边跑进来，严肃地说：你们四个给我听着，如果江秀英的眼睛瞎了，你们就等着进公安局吧！胆子比较大的国良哭咧咧地说：不是我们干的……校长说：不是你们干的是谁干的？库明说：他抹着脸子，翻穿着皮袄，我们认不出来……认不出来？校长拉开办公桌的抽屉，拿出一点什么东西，装进裤袋里，说，认不出来？那就是你们干的。校长匆匆地走了。何老师拧着我的耳朵，把我低垂的头抬起来，指着我面前的库明问：他是谁？你认识不认识？我说：库明……哎哟……老师……他是库明……我耳朵上全是冻疮，被老师一拧，顿时就流出了血水。既然能认出库明，自然也就能认出那个人！老师又说，即便你们不说，那个人也迟早要被揪出来的。你们是同党，你们说了呢，就免了你们的罪，要是不说，就按同案犯处理，你们自己掂量着吧。后来公社里来了一个带枪的公安员，坐在学校办公室桌子后边，把我们四个，单个提拎进去问话。公安员把匣子枪往桌子上一拍，我就吓尿了裤子。我说：那个人是宋宝森……

　　女孩从玻璃上挪开脸，脑袋像货郎鼓一样转动，两条腿悬在座位上，前后悠晃，那双人造革的靴子显得格外沉重。这样的靴子，即便是乡下的孩子，也没有多少人穿了，但江秀英的女儿，竟然还穿着这样一双上个世纪八十年代中期流行的笨重靴子。女孩看了我一眼，似乎感到了我注视她的目光。她用一只小手，悄悄地去扯江秀英的衣角。但江秀英的目光却看着从破了玻璃的车窗外匆匆滑过的苍凉的田野和路边一个个冒着浓烟的塑料大棚。女孩从口袋里摸出一粒棕色的糖豆，塞进油嘟嘟的小嘴里。她挤了几下眼睛，皱皱鼻子，突然打了一个响亮的喷嚏。那粒黏糊糊的糖豆连同唾沫喷溅出来，两道黄鼻涕往外探了一下头，又缩了进去。江秀英急忙转过头，从口袋里摸出一块手纸，女孩摇头躲闪着，但还是被捏住了鼻子。"擤！"江秀英说。女孩使劲擤了一下。江秀英将手纸胡乱团弄了一下，探起身，从窗玻璃的缝隙里扔了出去。女孩弯腰把那粒糖豆捡起来，要往嘴里塞。江秀英捏着她的手腕，剥开她的手，将黏糊糊的糖豆挖出来。"给我的……"女孩哼唧着。"多脏啊！"江秀英将糖豆从车窗扔了出去，用衣角擦擦手指。女孩用小拳头捣着妈妈的肚子，哭着说："你赔我的……你赔我的……""好了好了，"江秀英摇晃着女孩的肩头，说，"你看你看，人家都笑话你了，这么大的人了，还哭鼻子，羞不羞？""你赔我十粒！"女孩止住哭声，气哄哄地说。"好，我赔你十粒。"江秀英说。"拿来！"女孩伸出手掌。江秀英在女孩手掌上打了一下，说："给！""你骗人！"女孩腻在母亲怀里，拱动着。江秀英搂住女孩，说："小狗小猫，上南山偷桃，什么桃？""毛桃。"女孩答道。"上北山，偷杏。什么杏？""酸杏！"女孩高兴地说。然后，母女二人眉开眼笑地同时说:"毛桃,酸杏,一偷偷了一瓮……"

　　她们的愉快感染了我和满车厢的人,大家看着她们,脸上都出现了欣慰的表情。

　　　　　　　　　　　　　　　　　(二〇〇四年)

小 说 九 段

手

她伸出一只手，让我们轮流握过，然后幽幽地说："我的手，原来很好看，但现在不好看了。我的手好看的时候，连我自己都看不够。那时候没有手套，村子里的人谁也没有戴过手套。我用羊毛线给自己编织了一副。我的男人很生气，说：自从盘古开天地，三皇五帝到如今，我们这里，还没有人戴过手套。你的手，有那么娇贵吗？他把我的手套扔到火塘里烧了。但很快我就又织了一副。我对他说，如果你把这副烧了，我就会离开你。"

我们举起相机，拍她伸出的那只手。那只手在透过窗棂射进的阳光里，泛着温暖的黄色光芒，让我联想到某种植物的干瘪的地下根茎。一股气味弥漫开来，像陈年的腊肠。刚开始这气味让我们感到刺激，有人打喷嚏，但一会儿就习惯了。她抬起头，说："你们拍我的手，按说应该给我一点钱，或者是一点好吃的东西。我的手是很值钱的，不能随便拍。但是我今天不要你们的钱，也不要你们的东西。我一直肚子痛，今天没痛，我很高兴，所以不要你们的钱也不要你们的东西。你们随便拍。你们运气很好。我的手，是全世界最好看的手，这不是我自吹，这是马司令说的。马司令有很多女人，见过很多女人的手，他的话有分量，你们应该相信。我对我男人说了那些话后，他再也没有烧我的手套，他不但不再烧我的手套，他还去杀猪的人家讨来猪的胰脏，用烧酒浸泡了，让我保养手。那东西有一股怪味，起初闻不惯，闻惯了就再也离不开了。那东西擦手真是好，我五十多岁时，身上的皮肤都起了皱，变粗了，变柴了，但我的手还是那样细嫩，村子里那些大闺女的手，摸起来也不如我的手好。我丈夫后来到山外边当了官，折腾得不行了，回来找我，我摸摸他，他就好了。他嘴巴碎，出去胡乱说，就传开了。他带着一个比他大很多级的官来找我摸，我不摸。丈夫打我。我说：你杀了我我也不摸。他摇摇头，说：你是对的，我们不摸，如果你摸了，我就是畜生了。于是他就辞官回了家，一直到死也没离开……"

她的声音渐渐低了，话语也含糊起来，那只一直举着的手渐渐低垂下来。我们听到了响亮的鼾声，她睡着了。她的头垂到胸前，像一只打盹的母鸡。

脆　　蛇

陈蛇说，有一种蛇，生活在竹叶上，遍体翠绿，唯有两只眼睛是鲜红的，宛如一条翠玉上镶嵌着两粒红色的宝石。蛇藏在竹叶中，很难发现。有经验的捕蛇人，蹲在竹下，寻找蛇的眼睛。这种蛇，是胎生，怀着小蛇时，脾气暴躁，能够在空中飞行，速度极快，宛如射出的羽箭。如果你想捕怀孕的蛇，十有八九要送掉生命。但这种蛇不怀孕时，极其胆小。人一到它的面前，它就会掉在地上。这种蛇身体极脆，掉到地上，会跌成片断，但人离去后，它就会自动复原。有经验的捕蛇人，左手拿着一根细棍，轻轻地敲打竹竿，右手托着一个用胡椒眼蚊帐布缝成的网兜。蛇掉到网兜里，直挺挺的像一根玉棍。这时要赶紧把它放在酒里浸泡起来。

陈蛇是一个很有资历的捕蛇人，他的祖先跟唐朝那个著名的诗人柳宗元是很好的朋友，柳的名文《捕蛇者说》写的就是他的祖先。陈蛇曾经给我详细地讲述过这种脆蛇的药用价值，和他亲眼目睹过的这种蛇断成碎片，然后又恢复原状的全部过程。

陈蛇最终还是被毒蛇咬死了。在他的葬礼上，我突然想起来一个问题：那种脆蛇，怀孕时脾气暴躁，不怀孕时性格温柔，这说的是雌蛇，雄蛇呢？雄蛇是什么脾气？——陈蛇无后，我的问题，只怕是永远也没人能够回答了。

女　人

我哥哥用骡子驮来一个年轻女人，两道眉毛几乎连成一线，眼睛很黑，看上去很忧伤。哥哥对我说："弟弟，这个女人，是我们共同的媳妇。将来她生了孩子，也是我们共同的孩子。"

那时我只有十六岁，见到女人就羞得满脸通红。我哥上山去砍柴，剩下我们俩在家。她教会了我和她睡觉，让我知道了男人和女人睡觉，是天底下最好的事。自从和她睡了觉，我心里就把她当成了亲人，有什么话都对她说。她说什么话我都认真听着，我看着她的眼睛，摸着她的手，从来不嫌她噈。后来，我哥被狼祸害了，她就成了我自己的女人。我哥死后的第三天，我想和她睡觉，她说不行。但到了第四天晚上，月亮出来的时候，她在黑暗中摸摸我的手，说："来吧。"我问她："你不是说不行吗？"她说："昨天不行，今天行了。"

狼

那匹狼偷拍了我家那头肥猪的照片。我知道它会拿到桥头的照相馆去冲印，就提前去了那里，躲在门后等待着。我家的狗也跟着我，蹲在我的身旁，脖子上的毛耸着，喉咙里发出呜呜的声音。照相馆的女营业员一边用鸡毛掸子掸着柜台上的灰尘，一边恼怒地喊叫："把狗轰出去。"我对狗说："老黑，你出去。"但我的狗很固执，不动。我揪着它的耳朵，往外拖它。它恼了，在我的裤子上咬了一口。我指着裤子上的窟窿对那个女营业员说："你看到了吧？它不走。"女营业员看看它，没说什么。上午十点来钟，狼来了。它变成了一个白脸的中年男子，穿着一套洗得发了白的蓝色咔叽布中山服，衣袖上还粘着一些粉笔末子，看上去很像一个中学里的数学老师。我知道它是狼。它无论怎么变化也瞒不了我的眼睛。它俯身在柜台前，从怀里摸出胶卷，刚要递给营业员。我的狗冲上去，对准它的屁股咬了一口。它大叫一声，声音很凄厉。它的尾巴在裤子里边膨胀开来，但随即就平复了。我于是知道它已经道行很深，能够在瞬间稳住心神。我的狗松开口就跑了。我一个箭步冲上去，一把就将胶卷夺了过来。柜台后的营业员惊讶地看着我，打抱不平地说："你这个人，怎么这样霸道？"我大声说："它是狼！"它装出一副可怜巴巴的样子，无声地苦笑着，还将两只手伸出来，表示它的无辜和无奈。营业员大声喊叫着："把胶卷还给人家！"但是它已经转身往门口走去。我知道，只要它一出门就会消失得无影无踪。果然，等我追到门口时，大街上空空荡荡，连一个人影也没有，只有一只麻雀在啄着一摊热腾腾的马粪。从不成个的马粪上，我知道这匹马肠胃出了问题，喂一升炒麸皮就会好……

等我回到家里时，那头肥猪已经被狼开了膛。我的狗，受了重伤，蹲在墙角，一边哼哼着，一边舔舐伤口。

井　台

他把毛驴拴在枣树下，驴驹子便扑上来吃奶。母驴似乎有些烦，躲闪了几下，就任着驴驹子吃。他从树边的井里提上一木桶清水，脱下衣裳，用水瓢舀着水，从头上往下浇。水很冷，他打着喷嚏，抖动着身体。母驴定定地看着他，仿佛有什么话要说。这时，一个黑脸的胖大妇人，提着木桶来到井边，站在他的面前，冷冷地说："你可真够凉快的！"他一怔，手中的水瓢掉在地上，脸上浮现出羞愧难当的表情。妇人说："还记得去年你干过的事情吗？"他摇摇头，说："我当时喝多了，像做梦一样。"妇人道："男女的事，本来就是做梦，你还争辩什么？"他从地上抓起一把驴粪，说："你说得对，我不应该争辩。"接着他就把驴粪掩到嘴巴里，呜呜噜噜地说："我不争辩了，一切听你的，你说吧。"那女人摇摇头，道："你连驴粪都吃了，我还说什么呢？我不说了。"

贵　　客

很多年前，一个冬日的逢集的上午，家里来了一个神秘客人。他头戴着一顶油腻发亮的反边毡帽，帽耳上缝着两块白色的兔皮。眼睑红肿，眼角上夹着黄眵，看上去很是恶心。我的祖父，这个往常里桀骜不驯的人，在这样一个糟老头子面前竟然毕敬毕恭，让我们感到诧异又感到愤愤不平。那个人就这样在我家住了下来。他在我们家肆无忌惮地抽烟，吐痰，把鼻涕抹在我们家的门框上，还在饭桌前响亮地放屁。我们偷偷地在母亲面前表示对这个人的反感，乃至愤恨，希望母亲告诉祖母，祖母再转告祖父，把这个老家伙尽早地从我们家里轰出去。但母亲严肃地说："闭上你们的嘴巴！如果我再听到你们说这样的话，就用针把你们的嘴巴扎烂。"母亲从墙上拔下那根缝麻袋用的、生满了红锈的大针，在我们面前比划着，让我们意识到这个问题的严重性。这个人到底是什么来历，他为什么可以这样放肆地在我们家住下来？母亲不回答，只是把那根大针在我们面前再次晃动着，警告我们闭嘴。过了几天，我们的婶婶，终于忍耐不住了，在做饭的时候，低声地发起牢骚来。母亲对婶婶摆手制止。过了几天，那个人还没有走的意思，不但不走，对饭食也挑剔起来。他还嫌厢房里炕太凉，要求给他好好烧炕。婶婶在厢房的炕洞里塞满了碎草，还抓上了一把六六六药粉，浓烟滚滚，呛得他像一只吃多了盐巴的老山羊一样吭吭地咳嗽。爷爷和奶奶慌忙跑去安慰，并批评婶婶。婶婶挨了骂，心中不平，嘈杂地骂起来。叔叔为了让爷爷下台，打了婶婶几下子。

家里大乱，但那个老家伙，就像聋了似的，一声不吭。
为了给他改善伙食，爷爷把家里的一辆胶皮轱辘小推车
推到集上去卖了，换回了白面和肉，还打回来三斤烧
酒。他喜笑颜开，说好酒好酒。让我用一把小锡壶温
酒，酒着了火，燎了我的眉毛。他倒了一盅酒给我，
说："小伙子，来，压压惊！"我渐渐地对这个人有了
好感，感到他很潇洒。他大碗喝酒，大口吃肉。祖母的
腮帮子不停地抽动着，我知道她心中很疼。但祖母和爷
爷还是硬挤出笑脸，伪装出慷慨大度的样子，让他吃。
那人刚开始时也让祖母和祖父吃，但祖母和祖父如何舍
得吃？我在炕前转来转去，希望能吃点。但那人只顾自
己吃，全不把我放在眼里。婶婶牢骚满腹，说从哪里拣
来了一个老祖宗养着。他吃光了我们家那辆独轮车，又
开始打量我们家那几只母鸡。爷爷毫不犹豫地说："杀
鸡！我们杀鸡。"他吃完了我们三只鸡。

　　一天上午，他终于说："我要走了。"但祖父和祖
母却挽留他再住几天。他也就顺水推舟地说："好吧，
那我就再住几天吧。"母亲悄悄地对祖母说："娘啊，
拿什么给他吃啊？"祖母为难地说："那就把你的体己
钱拿出来吧。"母亲将她订婚时的四块大洋，和我们兄
弟小时戴过的银脖锁，拿出来，让大哥拿到供销社里卖

了，换回来十几元钱。叔叔去集上买回来几斤肉骨头，砸碎了，包成包子，给他吃。他瞪着眼问："肉呢？肉被谁吃了？"婶婶在窗外大声说："肉被狗吃了！"他说："狗走遍天下吃屎，狼走遍天下吃肉。"婶婶说："狗也吃骨头！"爷爷用烟袋锅子敲着窗棂呵斥："你给我闭嘴！"婶婶不服，继续吵吵。叔叔跑出去踢了婶婶一脚。婶婶回到娘家，发誓不再回来。婶婶的父亲，来到我家，说我倒要见见你们家这个贵客，到底是何方神圣。婶婶的父亲，我们也叫姥爷的，是饱学乡儒，读过四书五经，解放前教过私塾，在乡里很有威望。吃饭时，他引经据典，嘲弄这个人。但这个人只是说一些莫测高深的话，不直接跟姥爷交锋。姥爷急了，说："你知道什么叫厚颜无耻吗？"他笑了，说："你是说我厚颜无耻吧？"

姥爷在院子里，大声地教训祖父和祖母，说他们软弱，说你们到底欠着人家什么？或者是有什么把柄落到人家手里了？如果没有把柄，那就轰走他。

他是初春时到我家，一直住到桃花盛开的初夏。他提出要求，让我们家给他做一套单衣。还要好的布料。他托着换下来的棉衣，对我母亲说："侄媳妇，你给我拆洗一下，缝好，我好冬天时穿。"母亲把他的肮脏的棉衣拆了，洗了，重新给他缝起来。他一再赞叹说：
"侄媳妇真是好针线！"

　　在一个下雨的早晨，他把棉衣打成一个包裹，要去
我们家那把画着许仙游湖的油纸伞，沿着河堤走了。我
们站在河堤上，目送着他，直到他的背影被树林遮住。

翻

　　"贤弟，"我小学时的同学，现任我家乡那个镇的党
委书记王家驹在电话里忧心忡忡地对我说，"贤弟啊，
愚兄碰上麻烦事情了……"

　　我基本上可以猜到我的这些当了官的同学碰上的麻
烦是什么，因此就轻描淡写地、含含糊糊地说："老兄，
没有什么大不了的，女人吗……"

　　他着急地说："贤弟，你想到哪里去了？如果是那
样的事情，我何必找你？"

　　"到底是什么事？"我从他的口气里，似乎感到了他
遇到的问题的严重性，便说，"只要是我能帮上的……你
尽管说……"

　　于是我的这位小学同学，就在电话里，给我讲述了
他碰到的麻烦事情。

我这位同学的妻子，是我们的小学同学宋丽英。他们的结合是门当户对的。王的父亲是公社党委副书记，宋的父亲是供销社的党总支书记。他们都是吃商品粮的，中学毕业后都参加了工作。他们这样的人，按说是不允许生第二胎的，但我这两位同学却生了第二胎。当时的政策是，夫妻双方如果都是吃商品粮的，如果要想生第二胎，只有第一胎生了残疾或是智障的孩子才可以。他们二位第一胎生了一个女孩，过了三年后，他们又生了第二胎，这一胎是个儿子。尽管我们都知道他们的女儿是个又聪明又漂亮的女孩，但对外他们却说这个女孩是个智障。前几年我探家时，父亲经常对我夸奖我这两个同学。其时，王家驹是我们镇的镇长，他的妻子宋丽英是我们镇供销社的副主任。我父亲说：你看看人家王镇长，多么聪明，硬是捡了一个大胖儿子。我父亲对我坚决执行国家的独生子女政策很有意见。我说，他们就不怕别人去告他们？我父亲说：谁去伤这个天理呢？

"贤弟，"王家驹忧心忡忡地说，虽然是电话千里传音，但我仿佛看到了他愁容满面的样子，"你是知道的，我的那个儿子，名字叫小龙的，今年五岁，长得胖头大脸，人见人爱，四岁时就能背诵五十多首诗歌，还会唱十几首歌曲，像那首《黄土高坡》，那是多么高的调门？一般人根本唱不上去，可是小龙就能唱上去，还有形有架的，很像个小小歌星，可是这个孩子，最近得了一个怪症候，翻东西。就是见到什么都要翻过来。最早是把一个气球翻了过来，还没有什么，气球，小孩子都翻过，接着就把一双袜子翻了过来，这当然更正常，甚至可以说是好习惯。接着把枕头翻了过来，弄得满床都是荞麦皮。荞麦皮里有很多虫子，一种黑色的虫子。我想也许是虫子在枕头里啮咬荞麦皮发出的声音被他听到了，小孩子好奇，于是他就把枕头给翻了过来。这不是坏事，甚至也可以当成好事，要不是他，我们每天都枕着虫子睡觉，要是钻到耳朵里去几个，那就不得了了是不是？前几天下雨，灌出来许多蚯蚓，他把那些蚯蚓，像翻鹅肠子一样通通翻了过来，弄得双手腥臭无比。暑假时，他到姥姥家去住，把他姥姥家的几只母鸡，也全部翻了过来。翻出来内脏，还不罢休，接着把那些脏器和肠子，统统地翻过来。仿佛他要从里边寻找什么东西。他姥姥吓坏了，打电话让我们去领孩子。趁着这工夫，他把姥姥邻居家的一只小狗也给翻了过来。我老岳母一见我就说：'快快领走，你们的孩子疯了。'我看到那些死得很惨的母鸡，和那条肝肠涂地的狗，赶快掏出钱来息事宁人，并做张做势地打了儿子一巴掌，他没有哭，仿佛没有感觉到我打了他。他的眼睛怔怔地盯着那头拴在木桩上的骡子，仿佛在盘算着该从哪里动手把这个大家伙也翻过来。我把儿子带回家，严肃地教育他，并威胁他如果再敢乱翻东西，就剁掉他的手指。他撇着嘴，手里翻着一个玩具狗熊，哭了。夜里，我突然感到肚子上痒痒的，睁眼一看，是我的儿子，用指头在我的肚子上比量着，我知道他是想把我翻过来。我一巴掌就把他扇到了床下。他哇哇地哭着，顺手把一只鞋子翻了过来……贤弟，你说怎么办？"

船

月光，树下，男人和女人在一起。他们的影子暗淡，与树影重叠，看上去很神秘。一只鸟在树上扑棱翅膀。湖中银光闪闪，有人在水中游泳，头皮光溜溜的，看上去像漂浮在水面的西瓜。有一艘船从远处划过来，船上点着灯笼，有女人在船上吹箫，伴着箫声歌唱的也是女人。渐渐地近了。可以看到船头上摇橹的那人亮晶晶的鼻子，闪着釉光的胳膊。越来越近。仿佛是从明朝摇到现代。吹箫的和唱歌的女人，穿着那已经看厌了的

古装，精致的绣花衣裳，质地很光滑，月光在上边流
淌。女人的脸有些模糊，但轮廓很美。船上没有客人，
不知道她们为谁吹奏为谁歌唱。船更近了，与那个探到
湖中的木栈桥连接在一起，箫声和歌声也停了，有余音
在水面上缭绕。船夫手扶着橹把子，将左腿抬起，放在
右腿的膝盖上。船似乎在等人，不着急，很悠闲。树下
的男女原本是拥抱着的，这时分开，手拉着手，走上栈
桥，跳到船上去。看来他们与船家早有约定。船慢慢离
开，船后被搅动的水面，像跳动的水银。船上又起来音
乐，箫声，歌声，有几分凄凉，似亡国之音，但更多的
是一种颓唐的怀旧情调。那个一直坐在岸边，借着月光
夜钓的人，长叹一声，知道自己已经很老了。

驴　人

　　老莫跟随着熙熙攘攘的游客，绕着著名的歌剧院院
子走了一圈。天很蓝，海水很绿，歌剧院很宏伟，但老
莫也就是看看而已，并没有太多的感受。在歌剧院附近
一条小巷的拐角，老莫看到了一个用逼真的驴皮道具把
自己打扮成驴子的人。老莫起初真的以为那是一头驴
子，仔细观察后，才明白那是一个人。那驴人后腿跪在

地上，前腿——姑且称为前腿吧——撑在地上，对着来来往往的观光客叩头。老莫想：世上常见人顿首，今日始见驴叩头。游客们多半昂首而过，仿佛这头驴人是路边的一处毫无新意的景物。也有个别的游客瞥他一眼，然后走过去。当然也有人，从口袋里摸出零钱——多半是硬币——弯一下腰——也有根本不弯腰的——扔在驴人面前的搪瓷盘里。如果是硬币就会发出清脆的声响。每当有人施舍，驴人的叩头的动作就更大更频。

　　老莫被这个具有惊愕效果的驴人打动了心，掏空了口袋里的硬币，放在他面前的盘子里。硬币落盘时发出了丁丁当当的声音。驴人把跪在地上的后腿直立起来，屁股高高撅起，对着老莫频频鞠躬。老莫在农村时养过驴，知道作为一头驴，这样四肢直立是最轻松的姿势，但他想到藏在驴皮里的人，马上就仿佛感同身受了一样，知道这种姿势较之后腿跪地更为吃力。那也就是说，藏在驴皮里的人，为了感谢老莫的施舍，就像卖艺者拿出绝活一样，把最高级的姿势展示出来。想到此老莫心中涌起了一阵感动，心中洋溢着对驴人的好感。老莫再次掏口袋，没有硬币了，就把一张面值五十的澳元在驴头前晃了晃，然后轻轻地放在磁盘里。尽管没有施舍硬币那种清脆响亮的效果，但驴人却猛然地直立了起来，将双蹄抱在胸前，对着老莫作揖，同时发出了嘹亮的、高亢的驴叫声。老莫养过驴，对驴叫自然不陌生。这个人叫得比真驴还好，真是可惜了一条好嗓子。在歌剧院旁边的小巷拐角处，一个蒙着驴皮的人，有一条比毛驴还要好的嗓门。老莫想反正明天我就要回国，索性把兜里的澳元全部给他得了。于是就给了。老莫想也许这个人会从道具中露出头来，向他表示感谢，也许这还是一个熟人，也许这还是一个女人，也许……但那驴人并没有因为老莫的慷慨施舍而显身。老莫悻悻地回到宾馆，但他知道驴人是对的。你可以施舍，也可以不施舍。他可以显身，也可以不显身。这是规矩。

夜里，老莫梦到自己成了一头驴，在歌剧院附近的广场上乞讨。人们从他面前昂然而过，没有人理睬他。只有一个名叫小熊的女子将一枚硬币投过来。硬币落到瓷盘里，发出清脆悦耳的声响。老莫透过面具，看到了她那张全世界最美丽的脸。小熊啊……老莫大喊，眼泪夺眶而出，湿了枕巾。

(二○○四年十一月)

麻风女的情人

一

大个子春山，气力很大，曾与人打赌，扛着一台三百多斤重的柴油机围着村子转了一圈，赢了一盒香烟。赢了香烟他也没揣进口袋，而是当场分散了。在场的人，哪怕是不会抽烟的孩子，也都分到一根。气力大的人，一般都带着五分霸气，但春山不。他和善，见了人，不管是大人还是小孩，脸上都会出现憨厚的笑容，似乎有几分痴，还有几分傻，眼睛眯缝着，龇出一嘴整齐结实的牙齿，发出"嘿嘿"的笑声。

"嘿嘿，金柱儿，背不动了吧？"春山荷锄从棉花地里走出来，上了大路，对着坐在路边，看着那一大捆青草发愁的孩子，笑着说，"少割点嘛，你想把满田野的草一次割光？你爹也不来欢迎你，真是的。"说着，将肩上的锄头，递给金柱儿，将头上的斗笠摘下来，扣在金柱儿头上，说，"谁让我喜欢你娘呢？我来帮你背，爷们。"接着就把那一大捆青草，抢起来，驮到了自己背上，"走吧，爷们，往后少割点，小孩子，不能太累，以后的日子长着呢，长不出个直溜的腰板，在庄户地里，活着难。"金柱儿扛着锄头，跟随在春山背后，看着他那在阳光下闪烁的光头，还有那两条仿佛是用树条子拧成的长腿，心中感动。临近家门时，春山将草捆移到金柱儿背上，悄悄地说："不要对你娘说我帮过你，就说是你自己背回来的，让她煮个鸡蛋犒劳犒劳你，听到了吗？"金柱儿努力把脸仰起来，看着春山的脸，说："春山大叔，你收我做徒弟吧。""收你做徒弟？"春生笑着说，"我收你做什么徒弟？""大叔，我知道你会拳，你教我打拳吧。""会拳？我会蜷（拳）着腿睡觉，"春山笑道，"回家吧，爷们。"春山从金柱儿头上摘下斗笠，扣在自己头上，肩着锄，吹着口哨走了。金柱儿望着他的背影，看着他的白色汗衫上被青草染出来的那片绿色，心中感到酸酸的。

二

　　尽管春山否认自己会拳，但金柱儿坚信他会。春山的媳妇，是邻村王铁匠的第二个女儿。王铁匠的爷爷王铁衫，曾经在北京城里的会友镖局当过镖客，十八般武艺，样样精通，走南闯北，经历过无数的艰难险阻。王铁匠，瘦高个，秃头，眼睛极高，看起人来很有锋芒。看他左手持钳夹着铁活，右手攥锤又稳又准地敲打，目光冷冷，面色如铁，锤声铿锵，火花四溅，那种让人心中凛然的景象，说他不会拳术，谁能相信？！王铁匠最小的女儿，与金柱儿同校读书，但比他高三个年级。金柱儿得空就往铁匠家跑，说是看打铁，其实是去看这个女孩子。女孩子名叫秀秀，咕嘟着小嘴，眉眼生动。秀秀的二姐，名叫秀兰，也就是春山的媳妇。秀兰虽然没有秀秀那么娇艳，但也是周围几个村子里上数的美人。金柱儿在铁匠家看打铁，经常能够碰到回娘家的秀兰。秀兰说："金柱儿，我就知道你在这里，你娘满大街喊你呢！"金柱儿就说："让她喊去吧，我才不管呢！"有一次，金柱儿在大街上与秀兰单独相遇，秀兰挡住他，笑着问："金柱儿，你老是往我家跑，想什么呢？"

金柱儿的脸腾地红了，吭哧着说："我想跟你爹学拳呢。""不是想学拳吧？"秀兰说，"秀秀不会看上你的，再说，辈分也不对，你要叫她小姑姑呢。"金柱儿急忙辩白："我可没有那个意思。""真的没有那个意思吗？"秀兰哧哧地笑着，两只嘴角翘了上去。似乎是为了证明自己，金柱儿对秀兰说："大婶，我听人家说过，你家爷爷的拳术，只传给自家的女婿，你说个情，让春山大叔收我做徒弟吧。""我家可没有女儿给你做媳妇啊。"秀兰笑着说。"我不要媳妇，我要拳术。"金柱儿坚定地说。秀兰脸上的笑容消失，抬头望望天上那些慢悠悠地飘荡着的白云，转身走了。金柱儿望着她清瘦的背影，心中伤感。他知道秀兰和春山结婚已经五年，但一直没有孩子，村子里的人经常在背后议论这事儿。

<h2 style="text-align:center">三</h2>

村子里唯一的一盘碾，竟然安在麻风病人黄宝家门前。碾旁边有一棵大槐树，树上挂着一口生锈的铁钟。槐树前面，是村子里的打谷场，足有两亩大的一片空场，光溜溜的，是牛犊们撒欢的地方，是村里人学骑自行车的地方，也是村子里的那些气力过剩的小伙子习

拳、摔跤的地方。再往外，是一道土墙，墙外是一道水
沟，沟外就是一眼望不到边缘的田野了。村长只要敲响
铁钟，村子里的人，很快就会集合到树下。去得早的
人，就坐在碾盘上，去晚的就围在碾盘周围坐，也有的
倚靠槐树站着，或者是坐在树下那些横倒竖歪的碌碡
上。每逢村里人集合，黄宝的老婆，就坐在自家大门的
门槛上，一边奶着怀里的孩子，一边看着碾旁树下的
人。她也是一个麻风病患者，没有眉毛，没有睫毛，眼
睛疤瘌着，鼻子和嘴巴都变了形，手指钩钩，像鸡爪子
似的。早些年，没有机器磨时，村子里的人，依靠石碾
粉碎粮食，一家的未完，另一家就排上了号，吵吵嚷
嚷，热闹得像个集市。黄宝的老婆坐在门槛上，对着那
些围绕着碾盘转圈子的人，不断地叹气，抱怨："上辈
子杀了老牛，伤了天理，让我得了这样的病，嗨……"
人们不愿意搭理她。她一遍遍地重复着，企望能有人答
她的腔，但从来没有人答她的腔。她的那些怨恨而凄凉
的话语，与吱吱嘎嘎的碾声混合在一起，消逝在空中，
不知道飘到哪里去了。那个乳名叫做"主义"的女孩
子，在她的怀里，吃饱了奶，对着碾旁的人"咯咯"地
笑。她的大孩子，那个名叫"社会"的男孩，咬牙切
齿，抓起拖着长尾巴的白菜疙瘩，对着人们投掷。他家

大门两侧，堆积着两堆白菜疙瘩，显然是社会专门搜集来的。他提着白菜疙瘩，转几圈，仿佛是要获得一些惯性似的，然后嘴巴里发出飕飕的呼哨声，将白菜疙瘩对着人群投掷过来。与此同时，他一个鱼跃卧倒在地，片刻，打一个滚儿，爬起来，抓起白菜疙瘩，再投。金柱儿曾经听村子里的人议论，说"破茧出俊蛾"，麻风夫妻照样生出漂亮健壮的孩子，而春山和秀兰，那样一对好夫妻，连一个歪瓜裂枣都生不出来。

曾经有人向村里提出，要求把这盘碾挪走。黄宝站在碾盘上说："谁要敢挪碾，老子就跳到谁家的井里去！"不久，村子里安装了机器磨，石碾成了摆设，没有用处了。也有人建议把村子里聚合开会的地方挪挪，村长说，找不到一个更合适的地方。村子里只有这样一棵大树，黄宝没得麻风病时，人们就在这里聚会，习惯了。再说，黄宝到麻风病院治疗过三年，已经不传染了。他的老婆，就是从麻风病院里找的。别看他们外貌吓人，但都不带菌了。如果他们还有传染性，国家不会允许他们结婚，更不会让他们出院。"你们看，"村长说，"他们生那两个孩子，不是光光滑滑、没疤没麻的吗？你们这些没得麻风的，也没生出这样两个好孩子啊。"

四

一个冬天的中午，阳光很好。槐树下聚集了很多人，都抱着膀子，满脸兴奋。槐树下，停着一辆驴拉双轮车，车上载着一个黑乎乎的油桶，十几个黄澄澄的豆饼，还有十几根麻袋。那个敲着木头梆子、满脸粉刺的小伙子，就是张林。张林是有名的摔跤高手，听说在周围十几个村子里设过擂台，还没有碰到过一个对手。"你真的是张林吗？"村子里那个最喜欢撺掇事儿的郭成大声问，"看你这样子，也不像个会家子嘛。"张林站在车旁，有节奏地敲着梆子，沉闷的梆子声仿佛就是他对方才那个问题的回答。那个与他一起来的黄脸老汉蹲在车旁，叼着一个旱烟锅，吧嗒吧嗒抽烟。"你在别的村子可以称王称霸，到了我们村，可就不灵了，"郭成猖狂地说，"我们村，是武术村，武林高手王铁匠知道吧？对，就是那个能够飞檐走壁的王铁衫的孙子，每条胳膊上都有五百斤力气，我们村里的年轻人，都是他的弟子。随便拉出一个来，都能掼倒一头牛！我说得对不对啊？"郭成看着周围那些跃跃欲试的小伙子，问。张林冷笑一声，继续敲梆子，没有什么动作。"毛六，手脚都痒痒了吧？别往后缩，往前冲，给张林一个礼，请他下场走一圈啊。”郭成撺掇着村子里最喜欢摔跤而且也的确摔得很好的毛六。毛六“嘿嘿”地笑着，搔了一把脖子。身后有人推了他一把，将他推到了豆油车前，与张林对了面。毛六双手抱拳，对着张林作了一个揖，说：“朋友，请教了。”张林抬头看看毛六，继续敲他的梆子。毛六有点窘，身体往后退着：“既然人家不摔，那就算了。”“怎么能算了呢？”郭成说，“张林，摔两跤玩玩嘛，我们村这些小伙子，手下会给你留出情面来的，万一把您摔出个好歹，我们会把您抬到医院去的，医院离这里很近，过了小河就是。”张林停了手中的梆子，看了那个抽烟的老头一眼。老头咳嗽一声，将烟斗放在鞋底上磕磕，站起来，说：“各位乡亲，要换豆油的，就回家去挖豆子，不换，我们就走了。”郭成笑着说：“大爷，先摔跤，后换油，这是我们村子里的规矩。”“有这样的规矩吗？”老头撇着嘴角，冷冷地说，“那么，来吧，豁出去我这把老骨头，向各位好汉请个教。”老头子将烟斗和烟荷包缠在一起，插在束腰的布带子上，站起来，咳嗽着，喘息着，一副老朽的样子，但却有精光从眼睛里射出。“哪个先来？”老头说。毛六环顾众人，身体悄悄地后退着，说：“我不和你摔，你这么大年纪了，万一摔出个好歹，我可担当不起。我就和张林摔。""年小的，"老头子说，"我是张林的徒弟，你如果连我都摔不倒，还和张林摔什么？""毛六，上！不能就这么蔫了！"人们齐声哄着毛六。毛六说："万一把他摔坏了怎么办？""年小的，下场比武，死生由命，这是多少年的规矩，不用你操心，来吧。""那就比划几下子吧，"毛六说，"您老手下留情啊。"毛六紧紧腰带，往手心里啐了几口唾沫，走到老头子身前，说："得罪了，老爷子！"一语未了，身体猛地低下，双手把老头子的一条腿抄了起来。老头子不慌不忙地将双手搭在毛六肩膀上，那条被毛六搬起来的腿，趁机也插在了毛六双腿之间。接下来很长的时间里，毛六搬着老头子的腿，前推后拖，死劲儿折腾，老头子单腿蹦跶着，轻捷得很，而他的身体，就像焊在了毛六身上似的，无论如何也放不倒。毛六喘息不迭，老头子却呼吸平静，脸上颜色红润，比适才坐着抽烟时，反倒显得从容。观战的人，看出了老头的功夫，几个上了年纪的，怕毛六吃亏，就说："毛六，罢手吧！"老头子说："年小的，分个输赢吧！"说着，也没看到他有什么大动作，就把毛六平放在地上了。人群里发出一片惊讶的声音，然后就是沉默。毛六狼狈地爬起来，退回人群中。张林站起来，满脸喜色，敲着梆子，喊叫："换豆油，换豆油！你们可是说好了，摔过跤后回家挖豆子换豆油的。"但是没有一个人动弹。老头子说："走吧，张林，这个村的人，都是说大话使小钱的，还指望他们讲信用吗？"郭成说："老汉，别说难听的，摔倒一个毛六，算不上什么，您如果能把春山摔倒，我们村子里，就把您这桶油，全部包了，如果他们不换，我一人承包，怎么样？"老汉不理郭成，收拾着拉车毛驴身上的套索，对张林说："走吧，你还在这里磨蹭什么？难道还指望着这些人说话算数吗？"张林将木头梆子放在车上，对着众人点点头，满面都是嘲弄的神情。郭成急了，上前拉住毛驴缰绳，说："老爷子，您这是不把我们村里的人放在眼睛里呢。这样吧，你在这里等着，我回家，把俺家今年打那一千斤黄豆全部扛出来，抵押着，但你，或者是张林，必须跟我们春山过过招。不管输赢，您这桶油，包括您这十几个豆饼，我们都换了。""兄弟，既然您把话说到了这个份上，如果我们再拿捏，那就对不起您这一腔的热情了。"老头子松开驴缰绳，对着年轻的张林说，"师父，您就下场陪着他们走两圈吧。"张林将捆腰带子往里煞煞，又将两只脚轮番蹬在车杆上紧了鞋带子，然后对着众人道："各位好汉，你们也都看出来了，其实他才是师父，我是徒弟。""不不不，他是师父，我是徒弟。"老头子红着脸，十分认真地说，"你们不要看年龄，有志不在年高，师父未必就比徒弟老。""师父，您无论怎样说，他们也不会相信的。"张林说。"各位，我师父已经准备好了，你们哪位先下场？"老头子一改方才那种阴沉劲儿，像一个毛躁青年一样地咋呼着，在众人面前转来转去。郭成大喊着："春山，春山，为了咱们全村的脸面，你该露一手了吧？"人群里无人应声，人们都回顾，但没有春山的影子。"才刚还在这里呢，怎么一转眼就不见了？"郭成说，"你们几个，快去把他找来，用绳子捆也把他捆来。""兄弟，您还是回家去拿豆子吧，"老头子嬉笑着对郭成说，转回头，又对张林说，"师父，这个村的人，真是好玩啊！""是的，师父，他们很好玩。"张林对老头子说，又面对着众人说，"其实，我也就是有点蛮劲儿，比我师父差远了。"

几个年轻小伙子，连推带搡地把春山弄了过来。春山大声嚷嚷着："哎，哎，哎，伙计们，你们这是干什么？我们家刚换了豆油，豆饼也换了。""不是让你换豆油，"郭成说，"是让你给咱们村子撑撑门面。""你们这不是撮弄着死猫爬树吗？"春山哭丧着脸说，"我哪里会什么武术？这么多年了，你们谁看到我跟人动过手？"
"行了，别谦虚了，"郭成说，"知道你们这些会武的人都
含蓄，但今日这情况特殊，关系到全村的面子，你看，
村长也来了，村长，您说说吧，这事，必须让春山露一
手了。"村长满嘴酒气，迷瞪着眼睛说："什么事？"马
上有人上前，把事情的根梢讲了一遍。"原来如此啊，"
村长大声说，"谁是张林？你就是张林？竟敢欺负我们江
东无人？春山，本村长令你，下场，把这个小张林，
掼倒个地流平，让他知道我们平安村里也有高手。""村
长，我真的啥都不会！"春山苦咧咧地说。"骗谁？"
村长乜斜着眼子说，"你岳父的爷爷是武林高手，一个立
地拔葱，就从大树梢上捏下一只麻雀。你岳父从小跟着
他爷爷练武，能牙咬赤铁，掌开巨石。如果不会个三拳
两脚的，你能成了他家的女婿？""村长，我真的啥都不
会……""什么真的假的，"村长不容春山分辩，对着他
的屁股就踹了一脚，说，"下场！要不，就收回你家的责
任田！"几个上了年纪的村人，也上前劝说："春山，比
划几下子吧，以武会友嘛。""你们这不是逼着公鸡下蛋
吗？"春山说。村长上来又是一脚："妈的个腔，今日你
就给我下个蛋！张林，接招吧！"

春山可怜巴巴地站在张林面前，摊开双手，说：

"兄弟，你看看，这事弄的，我和你无怨无仇的，咱俩过什么招呢？"张林笑着说："听您的话语，还是会家子嘛！""什么会家子？"春山苦笑着说，"我真的啥都不会。"张林说："您也不要太谦虚了，摔跤比赛，是体育运动，国家运动会上都有的比赛项目，您可不要把这当成见不得人的丑事。""您看看，您看看这事弄的，我看咱们还是算了吧，天寒地冻的，伤了筋动了骨就不得了……"春山啰嗦着，乞求和解。但那张林双手抱拳，做一个揖，道："朋友，请教了！"然后，侧着身子抢上来，使了一个"燕青靠"，就把春山放倒在地。众人都听到了春山身体着地时发出的沉闷声响。

春山四仰八叉地躺在地上，好半天才爬起来，嘴里哼唧着，半边脸上沾着泥土。张林惊讶地说："哥们，你真的一点都不会？""我要是会，能让你像摔死狗一样地摔吗？"春山哭丧着脸说。"那真是对不起了。"张林抱歉地说。村长气哄哄地说："春山，你把我们村子的脸都丢尽了！"

五

傍晚时分，许多人，在大槐树下玩耍，树上那窝老鸹，呱呱地叫唤。春山成为人们奚落的对象：

"春山春山，一堵墙倒了，也没发出你那么大的动静啊……"

"春山，你的劲儿都使到秀兰身上去了吧？这么个大个子，竟然让人家像摔一片死猪肉似的就给摆平了……"

面对人们的奚落，春山坐在碾盘上，"嘿嘿"地笑着，一点火也不发。

"春山，也许你是真人不露相，但该出手时还是要出手嘛，藏得太深了也不好。"一个老者，抽着旱烟，点评着。

"大叔，我啥都不会，出什么手？"春山无奈地说，"我还没反应过来呢，就被人家放倒在地流平了。"

众人笑了。

黄宝一瘸一拐地跑出来，满身都是金子一样的阳光，两只小眼睛，闪闪烁烁，眉梭上的眉毛，是从头皮上移栽的，茂盛得像两撇仁丹胡须。他结结巴巴、哭咧咧地说：

"父老爷们，我老婆病了，肚子痛，痛得满炕打滚儿，帮帮忙吧，帮忙把我老婆送到医院去……"

人们看着黄宝那狰狞的面孔，想起他老婆那张更加狰狞的面孔，心中都怯怯的。有的人，不声不响地走了。黄宝着急，对着春山，腰背佝偻着，双腿弯曲着，摆出来一副随时都要下跪的样子，哀求着：

"春山，春山，你带个头，救我老婆一命。"

"你去医院把医生叫到家里来嘛。"春山说。

"医生怎么可能到我家来？他们不会来的，"黄宝说，"春山，各位兄弟爷们，求求你们了。我们两口子都是经过了严格化验后才出院的，我对天发誓我们已经不传染了。"

春山环顾了一下周围那几个还没溜走的人，但他们都不抬头。

"爷们，求你们了……"黄宝腿一弯就跪在地上。

春山说："伙计们，黄宝说的有道理，如果他们还传染，麻风病院第一不会让他们出院，第二也不会允许他们结婚。都是乡亲，咱们出手帮忙吧。"

有的人说最近扭了腰，有的人说家里有事，有的人什么也不说，转到槐树后边去了。

春山说："黄宝，你起来吧，我帮你。"

春山回家把独轮车推出来，放在碾旁。然后跟着黄宝，进入了他家院子。金柱儿好奇，屏住呼吸，悄悄地尾随进去。他看到麻风家的院子里，布满了鸡屎和乱草，房屋低矮，房檐下有一窝蝙蝠。春山低头弯腰进了屋子，黄宝在后边跟进去。那社会和主义，坐在门槛上。主义闭着眼睛，哼哼唧唧地啼哭。社会眼珠子骨碌碌地转着，手里拿着一只铁哨子，不时地放到嘴里吹响。"亲娘啊……痛死俺啦……天神，救救俺吧……"麻风女人的哭叫声，和黄宝的喊叫声，从幽暗的屋子里传出来，"别嚎了，春山来啦……"一股说不清的气味，从房子里扑出来。金柱儿捂着鼻子跑了出去。大树背后，鬼鬼祟祟的一些人，在那里探头探脑，低声议论。春山背着麻风女人从院子里走出来。

麻风女人穿着一身酱紫色的衣裳，头上包着一条黄色的围巾，看不到她的脸。她的一只脚上穿着很大的回力球鞋，另一只脚上，灰白的袜子即将脱落，拖拉在地上。麻风女在春山背上哼哼着，那声音让人感到身上发冷。黄宝瘸着腿，抱着一条被子，歪歪斜斜地跑到独轮车前，将被子搭在车上。春山把麻风女放在独轮车一边，用腿拥着她，对黄宝说："你坐在那边。"黄宝龇牙咧嘴地对着春山，想说什么，但口吃得厉害。春山说："你坐吧，用手扶着她，要不也偏沉。"黄宝坐在车子另一边，用一只胳膊揽住老婆的脖子。春山扶起车子，说："坐好了。"然后胳膊一挺，车子就往前去了。

麻风女人用微弱的声音说：

"春山……你是个好人……俺这辈子忘不了你……"

"春山，过几天我请你喝酒。"黄宝歪回脑袋说。

金柱儿听到一个人在槐树后说："这个傻春山，真是胆大。"

一个女人说："我要是秀兰，就不让他上炕。"

六

转过年春天，一个傍晚，熏风从田野上吹来，麦子快要熟了。碾旁那颗大槐树上，满树槐花，团团簇簇，香气沉闷。许多蜜蜂，在花团中嗡嗡嘤嘤地飞行。打谷场上，两头小牛追逐着撒欢儿。两个时髦青年，骑着紫红色的摩托车，在场上转圈子。摩托车发出一串串的轰鸣，烟筒里冒出一圈圈青烟，汽油味儿在空气中散漫。村子里的人聚合在这里玩耍。黄宝捧着一个盛满面条的粗瓷大碗，蹲在碾盘上吃。他手指僵直，笨拙地捏着筷子，歪着脖子，把长长的面条夹起来，举得很高，然后脑袋后仰，嘴巴张开，仿佛一个巨大的伤口，那些面条弯曲着，哆嗦着，就像活物似的钻了进去。他的老婆手把着大门的框子，身体弯曲着，大声地喊叫儿子：

"社会啦——社会——来家吃饭——"

社会从槐树上跳下来——谁也不知道他何时上的树——落地时身体正直，几乎没有声息，像一个练过轻功的武术高手。

郭成站在树下，熟练地卷着烟卷，说：

"黄宝，你说破嘴皮我也不信，春山会跟你老婆有那种事。"

"不信？"黄宝把碗顿在碾盘上，挥舞着手中的筷子，说，"别说你不信，刚开始我也不信。俺老婆说：'社会他爹，春山昨天晚上又来咱家耍了。'耍就耍吧，自从他送俺老婆去医院看病之后，他经常到俺家来耍。坐在俺家炕沿上，和俺说话，逗俺儿子和女儿玩。过了几天，俺老婆又说：'社会他爹，春山又来耍了，还摸了我的奶。'俺一听就知道这小子动了俺老婆的念头。奶奶的，不给他点颜色看看，他就不知道俺的厉害。俺当时就和老婆定下来一条计……待他刚上了俺老婆的身，俺就顶开柜子蹦出来，顺手从门后抄起早就准备好的棍子，对准他的头擂下去。一棍子，出血；两棍子，血噬噬地往外蹿。这个傻种，不跑，双手捂着头，呜呜地哭；血从他的指头缝里噬噬地往外喷。俺又举起棍子，想接着打，俺老婆跪在炕上，说：'他爹，看在他送我去医院的分上，饶了他这次吧……'我用棍子捣了他一下，说：'傻种，你他奶奶的还不快跑？'他这才跳下炕，连鞋子都没穿，赤着脚跑了，这个傻种……"

七

"……俺当时就和老婆定下来一条计……等他刚上了俺老婆的身，俺就顶开柜子蹦出来，顺手从门后抄起早就准备好的棍子，对准他的头擂下去。一棍子，出血；两棍子，血嗞嗞地往外窜。这个傻种，不跑，双手捂着头，呜呜地哭；血从他的指头缝里嗞嗞地往外喷。俺又举起棍子，想接着打，俺老婆跪在炕上，说：'他爹，看在他送我去医院的份上，饶了他这次吧……'我用棍子捣了他一下，说：'傻种，你他奶奶的还不快跑？'他这才跳下炕，连鞋子都没穿，赤着脚跑了，这个傻种……"黄宝用筷子敲着大碗的边沿，像鼓书艺人一样，绘声绘色地说着。他平时说话结结巴巴，但现在一点也不结巴了。周围的人们，听着他的话，有的笑，有的骂：

"黄宝，你下手也太狠了点，真要把他打死，你小子要去蹲监狱！"

"蹲监狱？"黄宝气汹汹地说，"蹲监狱的应该是他！"

"黄宝，你这家伙，真是有勇有谋啊！"

黄宝哈哈大笑。

春山的媳妇秀兰，走出家门，对着人群走过来。

"秀兰来了……"

"她来了怎么的？"黄宝斜着眼说，"难道我还怕她？"

"黄宝，你回来！"麻风女人手扶着门框喊。

秀兰穿着黑裤子，白褂子，头发梳得溜光，满脸通红。她脚步轻捷地走到碾前，挺着胸脯站定。距离蹲在碾盘上的黄宝约有五步远，距离手扶门框的黄宝老婆也约有五步远。

"你想怎么着？"黄宝问，"春山强奸了我老婆，我没把他打死，就算给你们留了情面！"

"操你们的老祖宗啊……"黄宝老婆破口大骂起来。

"你说我家春山强奸了你老婆？"秀兰举起胳膊，用食指指着黄宝，然后又指向黄宝老婆，冷笑一声，高声说，"乡亲们啊，你们都睁大眼睛，仔细看看，看看她那一身破皮烂肉，恶心不恶心？我们家春山心好，送她去了一次医院，回家就把那些衣裳，点上火烧了。我家春山，用肥皂把全身上下洗了三遍，又用烧酒搓了三遍，还一个劲地呕吐。你们这两个忘恩负义的东西，竟然设套害我们家春山。就你那个埋汰样子，劈开两条腿晾着，我家春山连看都不会看。你倒贴一万元，我家春山也不会动你一指头。你们这两块烂肉，死了扔在乱葬岗上，连野狗都不吃……"

"老天爷啊，你睁开眼睛看看吧……"黄宝的老婆一屁股坐在门槛上，用弯曲的手指，抓挠着地面，在地面上留下一些长长短短的道道。她怪声怪气地号哭着，数落着："老天爷啊，我家哪辈子杀了老牛，伤了天理，报应在我身上，让我得了这样的病啊……我受够了，我真是受够了，让我死了吧，老天爷啊……"

"你死去吧，只怕阎王爷的地狱里也不敢收留你，"秀兰恨恨地说，"你这样陷害好人，会报应在儿子女儿身上的，他们也快要得麻风了！"

一个黑乎乎的东西，从大槐树上飞下来，先砸在秀兰头上，然后跌落在秀兰面前。紧接着又是一个同样的东西飞下来，与先前那个落地的东西并排在一起。是两只大鞋。人们马上明白了这是春山的鞋。秀兰似乎是被那只大鞋子砸懵了，身体摇晃，有些重心不稳。这时，有一个更黑更大的东西，从大槐树上飞下来，降落在秀兰的面前。

黄宝的儿子社会，从大槐树上飞下来，仿佛一个巨大的蝙蝠，降落在秀兰的面前。他的身高，只到秀兰的胸口。他跳了一下，扇了秀兰一个耳光。紧接着他又跳起来，抓住秀兰的嘴巴撕了一下。人们先是看着秀兰惨白的脸和嘴唇上流出来的黑色的血，然后看着麻风的儿子社会，昂首挺胸地从碾盘前走过。他的脸像一块暗红的铁，似乎有灼人的温度。这么一个小人儿，用那样的姿势走路，脸上出现那样的表情，让人们感到心惊肉跳。都噤口无言，目送着他走到自家门口，从他母亲身旁绕过去，然后猛烈地关上了大门，将所有的目光关在了门外。

这时，久未露面的春山，从他家的院墙那边露出来半截身子，往这边张望着。他的头上，似乎还缠着纱布，他的脸色，看不清楚。

有人压低了嗓门，说："看，春山。"

"奶奶的，老子跟你拼了！"黄宝从碾盘上跳下来，从旁人手中夺过一把镰刀，高举着喊叫，"来吧，你这个杂种！有种你就过来吧！"

秀兰回头望望春山，突然坐在了地上，尖利地哭起来。

田野里麦浪滚滚，麦梢在夕阳下闪烁着金光。两个女人的哭声，交织在一起。

有人叹息，有人一边叹息一边摇头。有人劝说：

"算了吧，算了吧，邻墙隔家的，都忍让一下吧……马上就该开镰割麦了，你们看，今年的麦子长得多好啊……"

金柱儿眼睛里火辣辣的，说不清原由的眼泪，一行行地流淌下来。

春山纵身翻过墙头，身手矫健，一看就像个会家子。起初几步，他走得十分昂扬，但走过几步后，身体就有些晃荡。渐渐地逼近，他的头脸越来越清楚。头上确实缠着纱布，白色的纱布上，浸出了黑色的血迹。脸，似乎还肿胀着。

"算了，算了，春山……"一个上了年纪的人，走上前去，拦住春山，劝说着。

春山轻轻一拨，那人就趔趄着倒退了好几步。

又有几个人上去阻拦，春山胳膊拨拉几下，这些人就被拨到一边去了。

春山站在黄宝面前，黑铁塔一样，沉默着。

两个女人的哭声几乎同时停止了。

两个骑摩托车的青年并排着蹿过来，到了春山背后停住，惯性使他们的身体往前倾斜。

长尾巴的白菜疙瘩一个接着一个从黄宝家院子里飞出来。

"奶奶的，你来……你来……"黄宝举着镰刀，一边倒退，一边结结巴巴地吆喝着，两条腿，像没了筋骨似的软弱。

春山低垂下脑袋，说：

"黄宝，你砍死我吧。我这样的人，无脸活在世上了。"

（二〇〇四年）

蓝 色 城 堡

　　奥德修斯从海滩上站起来，拖着几乎失去知觉的身体，爬上一个小山坡，进入一片茂密的森林。他回头望了一眼银光闪烁的大海，便一头栽倒在两棵枝叶繁茂的橄榄树下。他感到身体僵硬，如同岩石；地面柔软，宛若奶酪。他听到森林深处传来女人的说笑声，衣裙的窸窣声，似乎还嗅到了燃烧檀木的香气。难道又落入了卡吕普索的圈套，使我的返乡之梦再度破灭？他试图站起来，应对眼前的复杂局面，但身体不听头脑的支配。他感到身体在下沉，就像一座巨石雕像陷落淤泥。橄榄树盘结的树根试图兜住他，但它们最终难以承重，可怜地断裂了。他快速下沉，上边出现一条与他仰着的身体同样形状的通道。他看到那片天空渐变渐小，最后成为一个针尖大的亮点。他意识到自己被埋葬了，或者，就像传说中的，坠入了地狱。于是，一阵悲哀涌上心头。这时，他却感到身体落在了坚硬的地方。

他睁开眼睛，首先看到的是昏黄的天空。没有星斗，也没有日月；不是白天，也不是夜晚。他慌忙坐起来，看到自己身处一个巨大广场的中央；北面一箭之地，有一座金碧辉煌的城楼，弧形的门洞上方，悬挂着一幅巨大的画像；楼前有三座白色的石拱桥，有两队身穿橄榄绿色军衣的士兵，步伐整齐地走过来。他本能地去摸腰间的佩剑，但只摸到了冰凉的肚腹。这时，他羞愧地发现，自己赤身裸体，肌肤上沾着滩涂上的淤泥，毛发上挂着海中的绿藻。他看到，周围有许多人，穿着他在梦中也没见过的奇装异服，身上散发着他从未嗅到过的气味，嘴巴里发出他从未听过的语言。他们有的面露惊讶之色，有的脸上浮现着古怪的笑容；有的目不转睛，有的左顾右盼；有的人手持亮晶晶的方型小匣，瞄着他，然后迸出一束刺目的亮光；有的人用长长的木杆，戳着他的脚底上那块疤痕，仿佛在辨认他的身份。他看到几个威武的士兵，分拨开围成圈子的人，对着自己走过来。他猛地跳起来，一只手掩私处，一只手挥舞着，冲了出去。

他在奔跑中纵身跳起，从路边一棵树上扯下一根树枝遮住下体。他看到右侧是一条像滔滔大河一般宽阔的道路，路上奔驰着五颜六色的怪物。它们眼睛明亮，状如甲虫，没有脚，如蛇贴地爬行，肚腹透明；中间有人端坐。这让他立即想起自己设计制造、让特洛伊人吃尽苦头的木马。他飞速穿越一条南北向的道路，那些怪物碰撞在一起，发出凄厉的尖叫，散发出刺鼻的气味。他踏着那些甲虫的背，仿佛踩着敌人的盔甲。长年的海上生涯，使他天然地具有了感受方位的能力，沿着那座有高大石柱支撑的宫殿，朝着西方奔跑。他看到了一轮黄色的太阳，如同柠檬，正沿着昏暗的天际滑落；身后有成群的人在追赶，前边也不时有人摆出一副拦截的架势，但只要他冲到跟前，他们便尖叫着逃跑了；也有几个大胆的，扑上来扯住了他的胳膊，他猛地一拨，便看到他们像小孩子一样连连倒退着，有的仰面跌倒，有的坐在地上。

他在一片稀疏的小树林中奔跑着。从隐藏在树林中的几只像巨大的长方形匣子一样的怪物里，钻出了几十个身体魁伟、动作敏捷的男子，就像那些隐藏在木马肚腹中的希腊勇士，他们左手持盾，右手持棍，头盔在暮色中闪闪发光；他们排成弧形，对着他包抄过来。他一眼就看出这批人身手非凡，即使是阿喀琉斯也难对付他们。于是他折身往南奔跑。他看到迎面是一座淡蓝色城堡，形状椭圆，既像一只巨大的鸭蛋，又像一座美丽的岛屿。他一步跨越五级台阶，转瞬间便跳到了蓝色城堡入口处；几个身穿蓝色服装的守门人惊愕地盯着他，仿佛被施了魔法一样目瞪口呆。

他沿着一条灯火灿烂的通道往前跑。通道中央矗立着两排方形的耀眼灯柱，头上仿佛罩着一层薄冰，冰上波纹游动，分明是水的映像。当他跑到通道尽头时，迎面来了两个人，对他弯腰鞠躬。

他凭直觉得知这两个人没有恶意，便停下脚步，右手捂住胸膛，彬彬还了一礼。他看到这两个人，一个年过七旬，身体瘦削，鼻梁直挺，眼窝深陷，眼珠深蓝，目光忧郁；另一位身体肥胖，年约五十，头发半秃，眼睛细长。尽管他暂时还听不懂他们的语言，但他还是猜到了他们的意思。于是他跟随着他们，沿着一条黑色的能自行旋转的梯子，登上了蓝色城堡的上一层。地上的大理石色彩斑斓，光可鉴人；高大的穹隆上，镶贴着深红的木板；墙壁上绘着艳丽的图画，图画上的女人，竟跟自己二十年没有见面的妻子十分相似，一群目光贪婪的男人围绕着她，似乎在纷纷向她表示爱意。他感到心中一阵焦虑。老者示意他回头往外看，他于是看到了那条甲虫奔跑的大道，看到了路边那些灯柱上成簇的巨大的球形灯盏放出的璀璨光芒。最让他惊奇的是，透明的墙壁外边那一池碧水正在微微地荡漾着，城堡的影子倒映其中，显得既美丽又神秘。

目光忧郁的老者，带着他缓步参观，并用一种勉强可以听懂的语言对他解说着，颇似一个主人，对客人炫耀着自家的房屋，就像俄奇吉亚岛上的女主人炫耀她的宫殿和珍宝一样。解说者语气中的自炫，让他略有反感。那个跟随在他侧后的肥胖男人一声不吭，每当目光相碰，脸上就会出现尴尬的笑容，那半秃的头颅，也在微笑中轻轻颤抖。这人让他想起故乡的那位谦卑的牧猪人欧迈俄斯。想当年，每当他去视察自己的猪圈时，牧猪人便这样跟随在侧，脸挂笑容，诺诺连声。

他们坐在了大堂的一角，一个身穿红色长裙、身上散发着薰衣草香气的美丽女郎，为他们献上了红葡萄酒。"这是世界上最好的葡萄酒。"老者说着，举杯一饮而尽。他也依样饮尽。"我们用这酒招待最尊贵的客人。"他突然觉得自己已经能很好地理解老者的语言，好像这酒是消除语言障碍的灵丹妙药。

"奥德修斯，我们从荷马的史诗里，知道了您过去的英雄事迹和不幸遭遇，也知道了您今后的命运。"老者轻轻地说，"您很快就会返回故乡，杀死那些吃光了您的奶酪、喝干了您的酒窖的无赖，与您的妻子珀涅罗珀团聚。您现在身处四千年后的中国首都，这里是刚刚落成的国家大剧院，一座梦幻般的建筑，我是这座建筑的设计师法国人保罗·安德鲁，这一位，"老者指着那个中年胖子，说，"是中国作家莫言，我的朋友。我们俩是荷马的崇拜者，他把您的事迹唱成了史诗；从他的史诗里，我们得到了高尚的艺术灵感。荷马的史诗是一切艺术的源头；而您，是所有英雄的楷模。"

在倾听保罗·安德鲁谈话的过程中，红衣女郎连续给奥德修斯上酒，他一连喝了十几杯，心情感到轻松愉悦。这时，灯光转暗，帷幕拉开，舞台上正在演出歌剧：

在森林里，奥德修斯用橄榄树枝遮掩着下体放声歌唱。舍利亚岛国王的女儿瑙西卡面带微笑站在他的面前。

（二〇一二年）

图书在版编目（CIP）数据

小说九段/莫言著.—杭州：浙江文艺出版社,2019.4
ISBN 978-7-5339-5564-9

Ⅰ.①小… Ⅱ.①莫… Ⅲ.①短篇小说-小说集-中国-当代 Ⅳ.①I247.7

中国版本图书馆CIP数据核字(2019)第002499号

策划统筹　曹元勇
责任编辑　李　灿
封面设计　人马艺术设计·储平
责任印制　吴春娟

小说九段
莫言　著

出版　浙江文艺出版社
地址　杭州市体育场路 347 号　邮编：310006
网址　www.zjwycbs.cn
经销　浙江省新华书店集团有限公司
印刷　上海中华商务联合印刷有限公司
开本　787 毫米×1092 毫米　1/32
字数　135 千
印张　8.375
插页　4
版次　2019 年 4 月第 1 版　2019 年 4 月第 1 次印刷
书号　ISBN 978-7-5339-5564-9
定价　45.00 元